এক ঝুড়ি ছন্দ আর গপ্পো

প্রজেশ কুমার বসু

উৎসর্গ

বইটা আমার বাবা, মা, গ্যাজন (ন'জেঠু) আর আমার স্ত্রী সুচন্দ্রা কে উৎসর্গ করলাম।

অলংকরণ : প্রজেশ কুমার বসু

সূচিপত্র

মুখবন্ধ

আমাদের সকলের মধ্যেই আছে অসংখ্য দৃষ্টি কল্প, হাওয়ায় সেসব গল্প ঘুরে বেড়াচ্ছে, জীবন খাতার প্রতি পাতায় কত মানুষ কত জীবন সংগ্রামের সাক্ষী হয়, মুখের হাঁসির আড়ালে লুকিয়ে থাকে না বলা এক পাহাড় যন্ত্রণা, ভেঙে যাওয়া স্বপ্ন, হাড়িয়ে যাওয়া আকাঙ্খা। মনের কোনে জেগে থাকে সৃজনশীলতা আর বাঁচার ইচ্ছা। এই বইয়ের গল্প গুলোতে উত্তরণ, ছোটবেলার উৎসাহ, আবেগ, নস্টালজিয়া, সমাজের বিভিন্ন সমসাময়িক সংকট, আর সমাজের নানা প্রান্তের মানুষের জীবনের হাসি কান্না মেশা ছবি দেখা যাবে। কবিতা আর ছড়া গুলোও বিভিন্ন স্বাদের। স্মার্ট ফোন আর ল্যাপটপ, স্কুলের ভারী ব্যাগ আর সোশ্যাল মিডিয়ার ভারে শিশু-কিশোরদের চোখের সামনের খোলা নীল আকাশ আর মুক্ত হাওয়ার জানলা গুলো বন্ধ হয়ে যাচ্ছে। তাদের মনে একটু আনন্দ দেওয়ার জন্য, এক চিলতে শৈশবের মিষ্টি ভোরের হাওয়া বুকে লাগানোর জন্য এক অতি সাধারণ শিক্ষকের ছোট বিনীত প্রয়াস এই বই।

আমার এক প্রাক্তন সহকর্মী বিশ্বনাথ বসু আমাকে বলেছিলেন, "তুমি বই লেখো। থেমে যেও না। এক জন পাঠকও যদি তোমার লেখা বই পড়ে পছন্দ করেন, সেটাই হবে তোমার সব চেয়ে বড়ো পাওনা।" আমি এবিষয়ে সহমত!

কৃতজ্ঞতা স্বীকার

ছোটবেলায় লিখতে আর আঁকতে শেখা বাবার হাত ধরে। বাবা ছবি আর গল্প আঁকতো খাতায়, কাগজে, মেঝেতে, আর আমার মনের মণি কোঠায়। যখন আমি পড়তে শিখিনি, তখন থেকে মা পড়ে শোনাতো অসংখ্য বই। বাবার পরে গ্যাজন (ন'জ্যেঠু) আমাকে শেখালো স্বপ্ন দেখতে, স্বপ্ন বুনতে, চিন্তা করতে, আর কল্পনা করতে। সবার প্রিয় গ্যাজন বাড়িতে এলে যেন উৎসব লেগে যেতো আমার মনে – গান বাজনা, গল্প লেখা, কবিতা লেখা, আর গ্যাজনের থেকে দিন রাত গল্প শোনা। সাহিত্যের প্রতি ভালোবাসা গ্যাজনই আমার মধ্যে তৈরি করেছিলো। বাবা ছাড়াও আমি আঁকা শিখেছি জনাই দাদার থেকে – শিক্ষক এবং শিল্পি মানুষটি আমাকে আঁকার আনন্দে আঁকতে শিখিয়েছে, শিল্পকে ভালবাসতে শিখিয়েছে। আমার শৈশব আর কৈশোর ছিল সোনায় মোরা। যৌথ পরিবারে বড়ো হওয়ায় সবার মুখেই অনেক গল্প শুনতাম। শৈশবে বছরের পর বছর বুড়োশিব তলায় লাইব্রেরীতে নিয়ে যেতো আমার মা। বইমেলা আর লাইব্রেরীই আমার সবচেয়ে প্রিয় জায়গা। রাতে হঠাৎ উঠে গল্প লেখা, কবিতা লেখা বা পড়তে বসাই হোক – সব উদ্যোগেই বাবা ছিল আমার ছায়া সঙ্গী। প্রিয় বন্ধু চিন্টু, প্রিয় মিষ্টু দিদি, আর ওদের মা-বাবা – ছিলো আমার সবচেয়ে কাছের, সেখানেই আমি

কাটিয়েছি ছোটবেলার বেশিরভাগ সময়টাই! আমি আমার স্ত্রী সুচন্দ্রা-র প্রতি কৃতজ্ঞ, আমার পাশে থাকার জন্য। এছাড়া ভালো - খারাপ সব সময়ে সাহস আর উৎসাহ জোগানোর জন্য প্রিয় বন্ধু অয়নের প্রতি আমি কৃতজ্ঞ।

সাহিত্য আর শিল্প চর্চায় উৎসাহ দিতেন আমার সকল শিক্ষক শিক্ষিকারা! তাঁরা আমাকে বাবা মায়ের মতো ভালোবাসা দিয়ে মাথায় তুলেছিলেন!

আমার পরিবারের প্রত্যেকটা প্রিয়জনের কথা, আর বহু শুভাকাঙ্ক্ষীদের কথা এখানে বলে শেষই করতে পারবো না, যাদের সকলের উৎসাহ আর অনুপ্রেরণাতেই জীবনের অন্যরকম এক অধ্যায়ে পৌঁছেও সামান্য কিছু সৃষ্টি করতে পেরেছি। শ্রদ্ধেয় শ্রীযুক্ত সুধাকর ঘোষ, আমার শ্বশুর মহাশয়কে বিশেষ কৃতজ্ঞতা জানাই বিশেষ তথ্য গত সহায়তার জন্য। আমার প্রিয় সহকর্মীদের, এবং দেশ বিদেশে নানা প্রান্তে ছড়িয়ে থাকা আমার প্রিয় ছাত্র ছাত্রিদের অপার ভালোবাসা আর নিঃস্বার্থ মানসিক সমর্থন পেয়েছি।

স্বপ্ন

বাড়ির ছাদে একা আমি

মিষ্টি ঠাণ্ডা হাওয়ায়,

একটা ছবি আঁকছিলাম

স্বপ্ন-ভোরের বেলায়।

শিস দিতে দিতে নিজের মনেই

আঁকছিলাম এক ছবি,

পাশের বাড়ির ছাদে হঠাৎ

উঠলো বুড়ো রবি।

গরীব বুড়ো, মাথায় টাক,

হীরের চমক চোখে –

সুরেলা এক তারের বাজন

বাজায় মনের সুখে।

আঁকা থামিয়ে ছুটে গিয়ে দেখি

তাকিয়ে আমারই পানে,

রবি বুড়োর কণ্ঠ মুখর

মধুর পল্লী গানে।

বিভোল হয়ে, বিভোর হয়ে,

দু'চোখ বুজে শুনি,

খাঁটি প্রাণের, নিখাদ সুরের

সহজ গানের বাণী।

স্বপ্ন ভাঙে, গান থেমে যায়

কোথায় গেলো রবি?

নভ পানে চেয়ে আঁধার রাতে

একলা নীরব কবি।

18-07-2024

স্কুল যাত্রা

সুন্দর সকালে

প্রথম আজ স্কুল,

মুনিয়ার হাত ধরে

চলেছে মৃদুল।

আরেকটা হাত ধরে

আছে নিলীমা,

ভিজে যায় চোখ তার
কথা বলে না।
মৃদুলের ছোট্ট মেয়ে
ভয়ে জড়োসড়ো,
মুনিয়ার মায়ের চোখে
স্বপ্ন হাজারো।
নিলীমার পড়ে মনে
প্রথম স্কুলের দিন,
মুনিয়ার মুখে ভরে
রৌদ্র রঙিন।
মৃদুলেরও মনে পরে
শৈশব কাল,
নিলীমার মনটাও
উথাল পাথাল।
স্কুলের দরজা খোলে
সিকিয়রিটি,
মুনিয়াও জুড়ে দেয়

কান্নাকাটি!

মা-বাবার হাত ছেড়ে

ঢুকে যায় স্কুলে,

নিলীমার দুই চোখ

ভরে ওঠে জলে।

12-08-2020

ললিতা

একটি নাম না জানা পথ শিশু – বয়স তেরো-চোদ্দ হবে – বসে থাকত ফুটপাথের ধারে। পরনে তার কাদা আর ময়লায় ধূলিধূসরিত একটি ফ্রক। পাশে বসে থাকে তার মা। তার পরনে শাড়ি – একই রকম ভাবে ময়লায় পরিপূর্ণ। তার মা কখনো ফুল বিক্রি করে, কখনো প্লাস্টিকের খেলনা, কখনো বেলুন। আর কখনো শুধু হাতেই ভিক্ষা চেয়ে কাটে তাদের দিন।

বিভিন্ন পুজো-পরব আসে, যায় – তাদের অবস্থার কোন বদল হয় না। যখন ললিতার বাবা ওদের সাথে থাকত, তখন ওর মা পুজো-পার্বণে অংশ নিত। ভগবানদের মূর্তির সামনে এক রাশ মানুষের ভীরে মিশে গিয়ে অন্যদের মতোই সেও মূর্তিদের কাছে তার মনের সব চাওয়া, আশা, স্বপ্ন উজাড় করে দিত। "যেন বরটা মদ খাওয়া বন্ধ করে। যেন ললিতা অন্তত কয়েকটা ক্লাস পড়াশুনা করতে পায়। আমি তো পাইনি – আমার মতো ললিতার যেন না হয়।" কিন্তু আজ জীবনের ফেরে তারা দুজনেই পথে এসে বসেছে।

আগের বছর অবধি ওর মা লোকের বাড়ি বাড়ি কাজও করেছে। কিন্তু এই তিন মাস হল আর কাজ জোটে না। তবে একজনের

বাড়ি কাজ করে ভোর বেলায় – কিন্তু একজনের বাড়ি কাজ করে তো পেট চলে না। তাই পথে বসে কাটে দিন।

কখনো পথ চলা মানুষ জন দিয়ে যায় সামান্য অর্থ, কখনো কলেজের পড়ুয়ারা দিয়ে যায় সামান্য কিছু খাবার।

ললিতা কথা বলতে পারে না। তবে শুনতে পায়। আর পেটে খাবার না থাকুক, মুখে লেগে থাকে হাসি। ওর বাবা যখন রাতে মদ খেয়ে ওর মা'কে মারধোর করত, তখন ও হাউহাউ করে কাঁদত। বাবা যখন ওকে কোলে নিতে আসত দিনের বেলায়, তখন ও আসত না বাবার কোলে। যখন ওর বাবা ওদের ছেড়ে চলে গেল, তখন ওর খুব আনন্দ হয়েছিল। ওর মা কাঁদত, দিনরাত কাঁদত।

গত মাসে দুর্গা পুজো গেছে, ওর মায়ের হাতে সামান্য একটু পয়সা এসেছে। তবে আর ওর মা মূর্তিদের সামনে দাঁড়িয়ে মনের প্রাণের কথা উজাড় করে দেয় না। তার না বলা কথা গুলো মনের মধ্যেই রাখে। তবে এও সত্যি, যে তেরো পার্বণের ওই মূর্তিদের চারপাশে যে মানুষের ভীর হয়, সেই মানুষের সহায়তাই শিশুটির এবং তার মায়ের সম্বল।

সারাদিন বিক্রি নেই, আজো বাপীদের বাড়ি চেয়ে খেতে হবে। এই ভাবতে ভাবতে খিদের পেটে ওর মা ঘুমিয়ে পরে। ললিতা মনের সুখে ফুটপাথে ইটের টুকরো দিয়ে ছবি এঁকে চলেছে। এ

তার শিশু বয়সের অভ্যাস। যখনি বসে থাকে তখনি ছবি আঁকে।

বিকেল হয়েছে। একজন সাদা পাঞ্জাবী পরা লোক পথে যেতে যেতে থামলেন। নীচু হয়ে ললিতার কাছে মুখ নিয়ে এসে বললেন – "নাম কী তোমার?" ওর মায়ের ঘুম ভেঙে গেলো।

– "বেলুন নিয়ে যান, দাদা!"

ভদ্রলোক হেসে বললেন, "না, আমার লাগবে না। কী নাম মেয়ের?"

– "ও কথা বলতে পারে না, দাদা। ওর নাম ললিতা।"

– "ও, আই সি। ও কথা বলতে পারে না! তোমরা থাকো কোথায়, দিদি?"

– "পাশের বস্তিতে ঘর আছে।"

– "তোমাকে আমি এখন একটু টাকা দিচ্ছি, এটা রাখো। আমি কাল আসবো এরকম সময়ে, আমার সাথে আমাদের বাড়িতে যাবে তোমরা।" কিছু টাকা মানি ব্যাগ থেকে বের করে তিনি এগিয়ে দিলেন ভদ্র মহিলার দিকে।

– "আপনাদের বাড়িতে?" কিছুটা আনন্দে, কিছুটা সঙ্কোচে নিচু গলায় জানতে চায়।

এত গুলো টাকা কেউ কোনোদিন দেয়নি তাকে!

– "নাম কী আপনার?" ভদ্রলোক জানতে চান।

– "সুমিতা।" অত গুলো টাকা পাওয়ার চমক কাটিয়ে উঠতে পারে না ললিতার মা।

– "আমি অনিকেত। আমি ছবি আঁকি। আপনার মেয়েকে রোজ দেখি ফুটপাথে ছবি আকছে। পরে ভালো করে কথা হবে। কাল দেখা হবে, দিদি। এখন বাড়ি যেতে হবে আমায়।"

এতগুলো টাকা হাতে পেয়ে সুমিতার খুব ভয় হল। রাখবে কোথায়? কোন মতে প্রাণ হাতে করে কেটে গেলো রাতটা। টাকাগুলো আঁচলে লুকিয়ে নিয়ে এক হাতে মেয়ের হাত ধরে বেড়িয়ে পরল সুমিতা।

কে এই অনিকেত! সাদা পাঞ্জাবী পরা বাবু! তবে যার হারানোর আর কিছুই নেই, তার আর ভয় কীসের! তাও কেন এত মন কেমন করছে, বোঝে না সুমিতা। কোনোদিন কারো থেকে এতগুলো টাকা সে পায়নি, কে জানে, কার মনে কী থাকে! বাড়িতে আসতে বলছে কেন এই লোক!

বিকেল হতেই সুগন্ধি মাখা সাদা পাঞ্জাবী পরিহিত সেই ভদ্রলোকের দেখা।

– "চলে এসো দুজনেই!"

বিপদের আশঙ্কাকে পিছনে ফেলে সাহস বুকে নিয়ে এক গাল হেঁসে সুমিতা এগিয়ে গেলো ভদ্রলোকের পিছন পিছন। ললিতার মুখে কথা না থাকলেও, সব সময়েই আছে স্মিত হাসি। কীসের যে তার সুখ, জানা নেই! মুখে নেই বুলি, কিন্তু হাসির নেই

শেষ। ভদ্রলোক আজ তাঁর গাড়ি নিয়ে এসেছেন। এই প্রথম এমন গাড়ির মধ্যে ওরা ঢুকলো। কি সুন্দর গন্ধ! আর কেমন ঠাণ্ডা হাওয়া! গাড়ির ভেতরে সুন্দর বাজনা বাজছে।

চারপাশে তাকাতে তাকাতে ললিতার চোখ বড়ো বড়ো হয়ে গেলো। এত জোরে চলে যাচ্ছে দু'পাশের বাড়ি, আলো, আর আকাশ...

অনিকেতের বাড়ির সামনে এসে দাঁড়ালো গাড়ি। অনিকেত চালকের সিট থেকে নেমে পিছনের দরজা খুলে দিলেন। একটি বড়ো পুটুলি বুকে জড়িয়ে ধরে নেমে এলো সুমিতা, আর হাঁসি মুখে তাঁর পিছন পিছন নেমে এলো ললিতা।

অনিকেত মা আর মেয়েকে নিয়ে তাঁর বাড়ির ভেতরে ঢুকে এলেন। তিনি উষ্ণ অভ্যর্থনা জানিয়ে দু'জনকে পরিচিত করিয়ে দিলেন তাঁর সহায়িকা দুই যুবতীর সাথে। সোমা ও মিতালী। এবং উঠনে পৌঁছে যা দেখল সুমিতা, তা দেখে তার হৃদয় আনন্দে ভরে উঠল। প্রায় পঞ্চাশ থেকে ষাট জন ফুটফুটে শিশু বসে আছে, আর কিছু যুবক-যুবতী তাদের পড়াচ্ছেন, লেখাচ্ছেন, এমনকি ছবি আঁকানো আর গান শেখানো সবই চলছে!

পুরনো বাড়ির উঠোন, চারপাশে থাম ওয়ালা বারান্দা। সেখানে শান্তিতে বসে আছে অনেক পুরুষ ও মহীলা। তাঁরা বোধ হয় এই শিশুদেরই অভিভাবক-অভিভাবিকা। অনিকেত বললেন,

– "দিদি, আপনি সোমার সাথে চলে যান ভেতরে। ও আপনাকে সব বুঝিয়ে দেবে।"

– "বাবু, আমি আর কোথায় যাবো! খেলনা বেচতে যাবো যে! আপনি বরং ললিতাকে আঁকা শিখিয়ে দিন।"

– "ঠিক ধরেছেন! ওকে আঁকা শেখাবো। ওর মধ্যে এমনই গুন দেখেছি, তা ঠিক বোঝাতে পারব না। সে যাই হোক, আজ তো ক্লাস শেষের দিকে। কাল থেকে সেসব হবে। আগে আপনি পরিস্কার হয়ে আসুন। সোমা আর মিতালী আপনাকে সব বুঝিয়ে দেবে। আর আপনাকে খেলনা বেচতে হবে না, দিদি। আপনি আজ থেকে আমাদের সাথে থাকবেন। আর আমরা অনেক আনন্দ করবো সবাই মিলে।"

ঠিক বুঝতে পারলো না সুমিতা। ঘোরের মধ্যেই সে চললো সোমার সাথে। সোমা তাকে বোঝালো, তারা সবাই একটা সংস্থার অংশ। অনিকেত চালান এই সংস্থা। এই সংস্থায় অনিকেতের বিদেশী বন্ধুরাও অনেক সাহায্য পাঠায়।

বাচ্ছাদের এক বছর তালিম দিয়ে তাদের স্কুলে ভর্তি করে দেওয়া হয়। যে বাচ্ছার যে বিষয়ে আগ্রহ রয়েছে – তাকে সেই বিষয়ে উপযুক্ত তালিম দেওয়া হয়। কেউ আঁকা শেখে, কেউ আবৃত্তি শেখে, কেউ শেখে গান, বাজনা, নাচ – আবার সবার জন্য আছে মার্শাল আর্টের আলাদা ক্লাস। এরা বিভিন্ন অনুষ্ঠানে অংশ নেয়। এভাবে অনিকেত যবে থেকে ফ্রান্সের এক নাম

করা আর্ট কলেজের প্রফেসারি থেকে অবসর পেয়ে দেশে ফিরে এসেছেন, সেই থেকেই এই সংস্থা খুলেছেন। এখনো বছরে তিন-চার বার ফ্রান্স এবং পৃথিবীর বিভিন্ন প্রান্তে তিনি যান প্রদর্শনী করতে। এছাড়া সফল ভাবেই শিল্পের ব্যবসা চালাচ্ছেন অনলাইনেও। শুধু বাচ্ছাদের স্কুলে ভর্তি করে দেওয়া অবধিই শেষ নয়, যাদের মা-বাবা আছে, তাদেরও স্বয়ং সম্পূর্ণ করে তোলার দায়িত্ব অনিকেতের। বড়োদের জন্য আছে আলাদা আলাদা ক্লাসের ব্যবস্থা। কেউ শেখে নানা বিধ হাতের কাজ – ব্যাগ, পোশাক, ঘর সাজানোর জিনিস পত্র ইত্যাদি। কেউ শেখে চাষের কাজ – এই বিশাল পুরনো বাড়ির এক দিকে আছে পর্যাপ্ত জমি, সেখানে তারা চাষ করে এবং বিক্রি করে ফল-মূল, শাক-সবজি। কেউ শেখে রান্নার কাজ, এবং এই বিষয়ে এখন প্রায় আর কেউই শিক্ষা নবিস নেই, তারা ঘরের খাবার বানিয়ে বহু লোককে বিক্রি করে প্রতিদিন। আবার অনেকে আছে যারা স্বাস্থ্য বিভাগে সহায়কের কাজ কর্ম শিখে যোগ দিয়েছেন শহরের বিভিন্ন হাসপাতালে। কেউ আবার নাচ শেখে, গান শেখে, নাটক শেখে, আর শেখে টেক্সটাইল ডিজাইন করা। অনেক শিক্ষক-শিক্ষিকা বিনামূল্যেও ক্লাস দিয়ে যান। এই সব যুবক-যুবতীদের ও শিশুদের প্রত্যেক মাসে বিভিন্ন সাংস্কৃতিক অনুষ্ঠানে নিয়ে যাওয়া হয়। পুরো বাড়ি ঘুরে দেখানো হবে কাল। আপাতত সব শুনে সুস্মিতার মন শান্ত হয়েছে, আর নতুন জীবনের আশার আলো দেখে মুখে ফুটেছে হাঁসি।

তাকে এবং তার কন্যা ললিতাকে অনিকেতের সহায়িকা দুই যুবতী স্নান করিয়ে, চুলের পরিচর্যা করে, সুন্দর পোশাক পরিয়ে নিয়ে আসে। ততক্ষণে রাতের খাবারের সময় হয়। সেই সংস্থার আশ্রয়ে থাকা সব পুরুষ-মহীলাই রান্নার কাজ করে – এক এক দিন এক এক দল কাজ করে মহা আনন্দে। তাদের সাথে বসে পড়ল ললিতা আর সুমিতা। বিশাল বড়ো টেবিল, আলো আর বহু মানুষের মাঝে, তাদের সাথে কথা বলে, সুমিতার মন হল হাল্কা, আর দুশ্চিন্তা রইল না।

তারা মন ভরে বহুদিন পর ভালো খাদ্য উপভোগ করলো। ললিতার ইতোমধ্যেই দু'তিন জন বন্ধু-বান্ধবি হয়েছে। ও কথা বলে না, কিন্তু ওর বন্ধুরা তা যেন বুঝে নিয়েই ওর সাথে ভালো ব্যবহার করছে, ওকে খাবার পরিবেশন করে দিচ্ছে, ওরা নানান কথা বলছে আর ললিতা হাসছে। আর ইশারায় ওদের সাথে আলাপ জমাচ্ছে! শিশুদের জগতটা প্রাপ্ত বয়স্কদের তুলনায় খুবই আলাদা।

রাতে সোমা আর মিতালী দু'জনকে রাস্তা দেখিয়ে নিয়ে এসে তুলল একটি ছোট সুগন্ধী ঘরে। সেখানে শিততাপ নিয়ন্ত্রিত যন্ত্র রয়েছে, খাবার ঠাণ্ডা রাখার জন্য রয়েছে ফ্রিজ। সুমিতার চোখে জল এসে গেলো – অনিকেতের প্রতি শ্রদ্ধায়, বিনম্র কৃতজ্ঞতায় তার মাথা নিচু হয়ে এলো। এই ঘরে সুমিতা থাকবে, আর তাঁর মেয়ে থাকবে। এছাড়া আরেকজন মা আর মেয়ে থাকবে। তবে সেই মেয়ের বয়স অনেক কম – পাঁচ-ছয় বছর হবে। নরম

সাদা বিছানা! দুই পরিবারের দুইটি আলাদা খাট। রয়েছে টেবিল ল্যাম্প, জলের বোতল।

সব দেখে শুনে ললিতা আর সুমিতার আনন্দের সীমা রইল না। বহু বছর পর আরামে ঘুম হল সুমিতার। তার নিজের আলমারিও রয়েছে এই শিততাপ নিয়ন্ত্রিত ঘরে! অনিকেতের দেওয়া টাকাটা যত্ন করে রেখে দিলো তার আলমারিতে।

ললিতা নরম বিছানায় জীবনে প্রথম মাথা রাখতেই ঘুমের রাজ্যে পারি দিলো! স্বপ্নে একটা সুন্দর ছবি এলো! সে আঁকছে ইটের টুকরো দিয়ে! একটি সুন্দর ছবি, যা মানবতার জয়গান গায়!

কেটে গেলো ছয় মাস। অনিকেত নিজে যখনই আসেন এই বাড়িতে, তখনই বাচ্ছাদের জন্য আঁকার সরঞ্জাম নিয়ে আসেন। ললিতা পাশে বসিয়ে তিনি বাচ্ছাদের রবিবারে ঘণ্টার পর ঘণ্টা আঁকার তালিম দেন। তিনি বলেন, ''ছবি আঁকার সময় কখনো

সময়ের কথা চিন্তা করবে না। শিল্প হবে রাজকীয়। সারা পৃথিবী থাকবে একদিকে, আর আমি আর আমার ছবি থাকবো আরেক দিকে। ছবি আঁকা হলো ধ্যান করা। কল্পনা করতে শেখা, চিন্তা করতে শেখা আর সব শেষে সেই চিন্তা আর কল্পনা গুলোকে ফুটিয়ে তোলা!"

তবে মাঝে মাঝেই এই এক সপ্তাহ হল ললিতাকে গাড়িতে চাপিয়ে বেড়াতে নিয়ে যান, সাদা পাঞ্জাবি পরিহিত ভদ্রলোক। অন্য বাচ্চাদেরও নিয়ে যান প্রায়শই। কখনো হয় সিনেমা দেখতে যাওয়া, কখনো সংস্থার প্রচারে যাওয়া। তবে ললিতাকে এই এক সপ্তাহে কোথায় তিনি নিয়ে যান, তা কেউ জানে না। পরের বছর ললিতাকে স্কুলে ভর্তি করে দেওয়া হবে বলেছেন। হয়ত সেই কারনেই স্কুলে স্কুলে নিয়ে যাতায়াত করেন! সুমিতা কখনো জানতে চায়নি। সে জানে, মেয়ে খুব ভালো সঙ্গেই আছে।

সুমিতা এখন এক বোন পেয়েছে তার। মিনতী। তার ঘরেই থাকে তার ছোট্ট মেয়েকে নিয়ে। মিনতীর সাথে তার দুনিয়ার গল্প! বর ছেড়ে যাওয়ার কাহিনী, ছোটবেলায় প্রথম কাজ করতে গিয়ে কাঁচের গ্লাস ভেঙে ফেলার গল্প, ইত্যাদি। আর মিনতী বলে তার বর খুব ভালো ছিল, খুব খাটতো। সে মাছ ধরে বিক্রি করত। এক দিন জলে ডুবে মারা যায়। মেয়ে তার বাবাকে দেখেনি।

সুমিতা এখন রান্নার কাজ করে আর মাস গেলে যথেষ্ট অর্থ উপার্জন করে। সেই টাকা সামান্য সামান্য অনিকেতের সংস্থাতেও দান করে, কারন খেটে খাওয়া মানুষরা কৃতজ্ঞতা জানাতে জানে। নীতি বোধ কোন বই থেকে আসে না। বহু অফিস যাত্রী, পড়ুয়া, এবং বৃদ্ধ-বৃদ্ধারা তাদের থেকে খাবার কিনে নিয়ে যায়। কোনো রেস্টোরা্যান্টে এমন ঘরের রান্না পাওয়া যায় না এমন সুলভ মূল্যে। সুমিতার আর তার মেয়ের রূপ-ই বদলে যায় এই ছয় মাসে। শীততাপ নিয়ন্ত্রিত ঘরে থাকা, এবং এমন সুন্দর কাজ করে উপার্জন করা – সুমিতা এখন সুখি।

আর একটা মজার ব্যাপার হয়েছে। সংস্থার আঠারো-কুড়ি জন মিলে একটা সুন্দর বাংলা নাটক অভ্যাস করে তারা সবাই মিলে মঞ্চস্থ করতে চলেছে শহরের এক ঐতিহাসিক প্রেক্ষাগৃহে। সেখানে এক দরিদ্র মায়ের মূক কন্যাকে বড়ো করার সংগ্রাম

দেখানো হবে। ললিতাই সাজবে সুমিতার মেয়ে। পরের সপ্তাহেই মঞ্চস্থ হবে। ওরা নাটক অভ্যাস করে সপ্তাহে তিন দিন।

ললিতার অনেক বন্ধু বান্ধব হয়েছে। সেই মলীন বস্ত্রের মূক শিশুটি আজ পরীদের মতো সুন্দর। ঝকঝকে পোশাক আর সুন্দর চুলে ললিতা রীতিমত এক সুন্দরী কিশোরী!

পরের সপ্তাহ আসতে বেশি সময় লাগলো না। এসে গেলো নাটকের দিন। অনিকেত দর্শকাসনের সামনের সারিতে বসে আছেন। ললিতার এবং তার মায়ের অভিনয় সত্যিই নজর কাড়া হল। অনেক করতালি আর প্রশংসা কুড়িয়ে নিলো তাদের নাটকের দল। এত টিকিট বিক্রি হয়েছে নাটকের, কর্তৃপক্ষ ওদের এই নাটকটি গোটা এক সপ্তাহ ধরে মঞ্চস্থ করার জন্য অনুরোধ করে।

ফেরার পথে দুপুর বেলায় অনিকেত জানালো, "আজ সুমিতা দিদির জন্মদিন। তার জন্য আছে একটা চমক।" সুমিতার নিজেরই মনে ছিলো না। তাদের বাস থামলো পাড়ার মোড়ে। সবাই নেমে এলো বাস থেকে। এই সেই ফুটপাথ যেখানে ললিতা আর ললিতার মা বসে থাকত ময়লা জামা কাপড় পরে। এখানেই ললিতা ফুটপাথে ছবি আঁকত ইটের টুকরো দিয়ে।

অনিকেত বুক চিতিয়ে এগিয়ে গেলেন সবার সামনে। সংস্থার সবাই রয়েছেন সেখানে। পাড়ার লোকজনও জড়ো হয়ে গেছে। অনিকেত একবার হাতে তালি দিলেন। ক্যামেরা এলো, কিছু

সাংবাদিকও আশে পাশে চলে এলেন। ললিতা আর তার মেয়ের হাত ধরে মিতালী নিয়ে এলেন সেই ফুটপাথে। সুমিতা বোঝে না কি ঘটছে। ললিতার মুখে সেই অমলিন হাঁসি। সোমা সরিয়ে দিলো সামনের দেওয়াল থেকে বিশাল বড়ো এক পর্দা! পর্দার দিকে কারো নজরই যায়নি! সবুজ এক পর্দা ফুটপাথে পরে গেলো। এক তলা বাড়িটির গায়ে এ কীসের ছবি? দেওয়াল জুরে এ যে হাস্যমুখে সুমিতা আর তার কন্যা ললিতা!

দু'জনের ছবি দেখিয়ে অনির্বাণ বললেন, "এই ছবির কাজ এক সপ্তাহের একটু বেশি সময়ে আপনার মেয়ে ললিতা শেষ করেছে। আপনাকে শুভ জন্মদিনের শুভেচ্ছা জানাই আমরা আমাদের সংস্থার তরফ থেকে এবং বিশেষত ললিতার তরফ থেকে। ও বলতে পারে না, কিন্তু ও ভাবতে পারে। কল্পনা করতে পারে। পেটে ওর খাবার জুটত না, কিন্তু কঠিন জীবনেও ও স্বপ্ন দেখা ছাড়েনি। ওর এই স্বপ্নময় শিল্প শিক্ষার যাত্রাকে আমরা আজ উদ্‌যাপন করবো। আর একটা কথা! ওর এই বিরাট শিল্পকর্মের কথা জানতে পেরে ফ্রান্সের এক বিখ্যাত আর্ট গ্যালারির চেয়ারম্যান ফ্রাঁসোয়া মাতিয়ে সুদূর ফরাসি দেশ থেকে চলে এসেছেন! পরের বছর ললিতাকে নিয়ে যেতে হবে ফ্রান্সে, ওনারা বিশেষ আমন্ত্রণ করেছেন। আমরা সবাই মিলেই যাবো ললিতার সাথে! আর এখন ফরাসি সরকারের সংস্কৃতি মন্ত্রণালয় থেকে একটি পুরস্কার তুলে দেওয়া হবে ললিতার হাতে।"

ফ্রাঁসোয়া মাতিয়ে বড়ো একটা গাড়ি থেকে বেড়িয়ে এসে দাঁড়িয়ে ছিলেন আরো কিছু বিদেশী লোকজন পরিবেষ্টিত হয়ে। তিনি এগিয়ে এসে ললিতার হাতে পুরস্কার তুলে দিয়ে হাত মেলালেন। করতালিতে মুখর হয়ে উঠল সারা পাড়া! চারপাশের বাড়ির বারান্দা আর জানলায় বেড়িয়ে আসা মুখ গুলোয় ললিতার নাম আর হাত তালি! হাত তালির মাঝেই ললিতা হাসি মুখে মা'কে জড়িয়ে ধরলো। ছবিটি সত্যিই অসাধারণ। এমন উপহার কোনোদিন সুমিতা পায়নি! সুমিতার চোখে জল এসে গেল আনন্দে।

18-06-2024

শিবের মোটর বাইক ভ্রমণ

একদিন সেই সকাল বেলায়

মডার্ন হবে ভেবে

দামি একটা ফোন কিনে

আর দুই চাকাতে চেপে,

সেই যে শিবে বেরিয়ে ছিল

সাবান টাবান মেখে –

সবাই কেমন দেখছিল যেন

অবাক অবাক চোখে।

হেলমেট নেই মুক্ত মাথা,

উড়ছে হাওয়ায় চুল,

চোখে সান গ্লাস, আধ খোলা শার্ট –

লাগছে বেজায় কুল!

বাবার কেনা বুলেট বাইক,

জিন্স, শার্ট, গ্লাস, আইফোন,

বাড়ি বসে খায় বাবার টাকায়,

দেমাক শিবের দশ মন।

পাড়ার মোরে সুন্দরীরা

মিটমিটিয়ে হাসে,

শিবেও করে দন্ত বিকাশ

সিটের ওপর বসে।

আরো খানিক গিয়ার দিয়ে

মুচকি হেসে শিবে

চলতে থাকে বাইক চেপে

দেদার দ্রুত বেগে।

সুন্দরীরা দেখছে বোধ হয়

ফোনটা শিবের হাতেই,

নায়ক নায়ক লাগছে হয়ত

ফোনের মহিমাতেই!

এ পাড়া ও পাড়া বেদম ঘুরে

ফিরছে শিবে যখন,

এ কী! শুধু সুন্দরী নয়,

হাসছে সবাই তখন!

বুঝতে পারে না হাসছে কেন

সবাই তাকে দেখে,

দ্রুত বেগে ফিরল বাড়ি

খানিক বেজার মুখে।

বাড়ি ফিরেই দেখল সবাই

হাসছে মুখ টিপে,

মা বলল বেদম হেসে :

"কী করেছিস শিবে!"

আয়নাতে শেষে দেখল শিবে

অবাক বিস্ময়ে –

মাথার ওপর এ যে এক রাশ

কাক পক্ষীর 'ইয়ে'!

11-06-2013

লাল ফুলের গাছ

আমরা থাকি আস্টে গাঁয়ে

ছোট্ট টিলার চূড়ায়।

গাছের নীচে দাড়িয়ে ছিলাম

সেদিন বিকেল বেলায়।

তপ্ত দুপুর শেষ হয়েছে,

আকাশ নীলচে ধূসর,

একলা গাছ দাড়িয়ে নীরব,

প্রসারিত বাহু জোড়।

নত মস্তকে নিবেদন তার

গ্রীষ্মাকাশের কাছে,

দুই হাত তার লাল ফুলে ফুলে

রক্তিম হয়ে আছে।

নীরব আকুতি নম্র ডালির

তপ্ত ধরার আর্তি,

যন্ত্রণা আর বিগ্রহ নয়,

ধরিত্রী চায় শান্তি।

শান্তিময়ী বৃষ্টি ধারায়

ধুয়ে মুছে যাক গ্লানি,

স্নিগ্ধ ছায়ার শীতল মেঘে

নির্মলতার বাণী।

দেশে দেশে থামুক লড়াই,

সংহার, সংঘর্ষ,

লাল ফুল গাছ করে আবেদন

নামুক স্নেহের স্পর্শ।

03-06-2024

নিতু মামার উপহার

মামার একটা রাশ ভারী নাম আছে। নিত্যানন্দ। আর একটা ছোটো নাম আছে। নিতু। নিতু মামাকে আমাদের বাড়ির সবাই‌ই নিতু মামা বলেই ডাকে। নিতু মামা যাদের মামা নয়, তারাও নিতু মামাকে নিতু মামা বলেই ডাকে। পারার লোকেও সবাই তাকে নিতু মামা বলেই চেনে। খুব কম লোকই নিত্যানন্দ নামটা জানে।

আর নিত্যানন্দ স্যার আবার অনেকের কাছে স্যার। মানে রীতি মতো স্যার! হ্যাঁ, নিতু মামা বাড়িতে যতই মজার মানুষ হোক, তার আর একটা পরিচয় – সে একটি ইউনিভার্সিটিতে অঙ্কের প্রোফেসর! তবে নিতু মামাই ভালো। অঙ্ক আমার ভালো লাগে না। অঙ্ক নিয়ে কেউ কথা বললে, আমি একটু দূরেই থাকি। দশম শ্রেণী শেষ হওয়ার পর, অঙ্ককে আমি জীবন থেকে চিরতরে বিদায় জানিয়েছি। আমার নাম অঙ্কুর। নামেই বীজ। মাথায় আমার দুষ্টু বুদ্ধি বীজ বীজ করে। সব সময়ে কেমন মনে হয়, একটু কারো পেছনে না লাগতে পারলে যেন দিনটাই মাটি! আমার বেড়াল ভুতো। আমি স্কুলে গেলে ভুতো আমার অবর্তমানে দুষ্টুমির কাজকর্ম গুলো দেখভাল করে। আর ছুটির দিনে আমরা দু'জনে যৌথ প্রয়াসে সেগুলো সম্পন্ন করি। গতমাসে আমার সব চেয়ে বড়ো অ্যাচিভমেন্ট – কাকার মানি

ব্যাগে নকল টাকা ঢুকিয়ে রাখা। অটো থেকে নেমে অফিসের সামনে সব লোক জনের সামনে অটো ওয়ালাকে যেই টাকা বেড় করে দিয়েছে, অটো ওয়ালার তামাশা বলে দেখে যা! আমাকে অঙ্কে ফেল করার জন্য সারা জীবন কম জ্বালিয়েছে এই কাকা! কী হয়েছে বাবা, সামান্য একটু অঙ্কে ফেল করলে কেউ এত কথা শোনায়! মানি ব্যাগ নিয়ে বেরনোর সময় মনে থাকে না টাকা গুনে বেরোতে হয়? এই নাকী এত অঙ্কে কত বড়ো ওস্তাদ ছিলো ছোট বেলায়! এমন কী দু'বছর আগে আমাকে চানাচুর কিনে দেওয়া বন্ধ করেছে কাকা। এই তার উপযুক্ত উত্তর। তারপর নাকী বস এসে টাকা মিটিয়েছিলো অটো ওয়ালার, আর রাতে কাকাকে নিজের গাড়িতে করে বাড়ি পৌঁছে দিয়ে গেছিলো তার বস। কাকা বাড়ি ফিরতে সে কি হাসি সবার! বাড়িতে অনেক বাচ্ছা যাতায়াত করে, সবাই ভেবে নেয় তাদেরই কেউ ঘটিয়েছে। আর পুরো মজাটা আমি একা উপভোগ করি, আর ভুতো ঘো-ঘো-ঘু-ঘু করে হাসে!

নিতু মামাকে আগের বছর ভুগিয়েছিলাম। কিপটের গাছ একটা। যা কিছু হয়ে যাক, মামা কিছুতেই পয়সা বেড় করে না পকেট থেকে। পরীক্ষার পর ছুটিতে মা বাবার সাথে গেছিলাম ক'দিন থাকতে মামার বাড়ি। মামার সব কলিগসদের নাম্বার চুরি করেছিলাম আমি। অবশ্য মামি এই নোবেল মিশনে আমার প্রধান সহায়িকা ছিলো। আমি মামার সব কলিগসদের ফোন করে জানাই, মামা সবাইকে তার লিগোল ম্যারেজের দশ বছর

পূর্তি উপলক্ষে বাড়িতে নিমন্ত্রণ করেছে। সকাল থেকে রাতের খাওয়া পর্যন্ত নিমন্ত্রণ। তবে সবাই যেন ঠিক বেলা দশটার মধ্যে এসে যায়। কিপটে মামাকে ধাক্কাটা সামলানোর সময় দিতে হবে তো! মামা তো সবাইকে এক সাথে দেখে ভিরমি খাওয়ার অবস্থা! আমাদের সব সেট করাই ছিলো। তারপর মামাকে দেখিয়ে দেখিয়ে ফোন করে ক্যাটারার্স ডাকা, আর সবটা বিপদের মুহূর্তে সামাল দেওয়ার জন্য মামার থেকে অনেক প্রশংসা পাই। আর মামির থেকে নারকেল নাড়ু কমিশন পাই। তবে মামার পকেট থেকে পয়সা খসানোর মতো সুখ বোধ হয় পৃথিবীতে আর কোনো কাজেই নেই।

এই নিতু মামা থাকে রাঁচিতে। বাড়ি আসে প্রায় দু'মাস-তিন মাস অন্তরই। আর মায়ের জন্য কখনো মিষ্টি নিয়ে আসে, কখনো চলে আসে খালি হাতেই। কোনোদিন আমাদের একটা

সিনেমা দেখতে নিয়ে যাওয়া না, কোনোদিন কোথাও বেড়াতে নিয়ে যাওয়া না, কোন রেস্টোর্যান্টেও নিয়ে যাওয়ার নাম গন্ধ করে না। কিছু না কিছু ভাবে এসবের কথা উঠলে এড়িয়ে যাবেই! কোনোদিন হাত থেকে একটা চকোলেট বা লজেন্স-ও বেড়োয় না। মাস গেলে লক্ষ্যাধিক টাকা কামায়। ফুলের ঘায়ে মূর্ছা যায়! কিন্তু খরচের বেলায় লবডঙ্কা! সবই একে ওকে দিয়ে করিয়ে নেওয়ার ধান্দা, আর পরিবর্তে কানাকরিও খসে না!

মা'কে দেখে ভান করছে যেন ভুলেই গেছে মা'য়ের কাল জন্মদিন, "ওহো! দেখেছিস! পুরো ভুলেই গেছি কাল তোর জন্মদিন! রাঁচি থেকে তাড়াহুড়ো করছি, ভাবলাম বাজারে একবার দাঁড়াই, তারপর ভুলেই গেলাম তাড়াহুড়োয়!" মামা জবানবন্দী শেষ করে।

– "তোর ঠিক করেই সব ভুল হয়ে যায়, সে তো আমি জানি!" ঠেস দেয় মা। "কী খাবি বল, চা করবো না জুস?"

– "একটু ফ্রুট জুস দে!" মামা সুযোগ ছাড়ে না।

আমি মাঠে নেমে পড়ি দেরি হওয়ার আগে। "আমার জন্য কী এনেছো, মামা? তুমি বলেছিলে একটা কী যেন গল্পের বই আনবে?"

– "গল্পের বই?" মামা আকাশ থেকে পড়ে। "তুই গল্পের বই পড়িস নাকি? এখন তো সব ফ্রিতেই পি ডি এফ পাওয়া যায়!

বই আবার কিনতে হয় নাকি! তুই কোন ক্লাসে উঠলি?" মামা সুচারু ভাবে কথা ঘোরায়।

– "ইলেভেন। সব বইয়ের পি ডি এফ পাওয়া যায় না।" সে কথা একজন ইউনিভার্সিটির প্রোফেসরকে বলে দিতে হয় না। সব জানে, সব বোঝে, শুধু খরচের বেলাতেই...

– "তা হ্যাঁ রে, বই পড়ার এতই শখ যখন, আমাদের রাঁচির বাড়িতে চল। তোর মামির কালেকশানে অনেক ভালো ভালো বই আছে। পড়বি।"

জুস ততক্ষণে এসে যায়। মামা জুসে সবে চুমুক দিয়েছে, আর আমার মাথায় একটা দারুন বুদ্ধি খেলে যায়! আমায় সামান্য একটা বই কিনে দেওয়ার কথা দিয়ে কথা রাখেনি। এর বদলা আমি নেবোই। ঠিক সময়ের অপেক্ষায় থাকি। আপাতত স্কুলে যেতে হবে। নাহলে অরিন্দমের নিজের টিফিনটা একা একাই খেয়ে নেবে, তাই এখনকার মতো ছেড়ে দিলাম নিতুমামাকে। খেয়ে দেয়ে বিশ্রাম নিয়ে নিক, এত দূর থেকে এসেছে!

রোজই নিজের টিফিনটা আগে খেয়ে নিয়ে অরিন্দম আর নীলদীপের টিফিন গুলো সাইজ করতে হয় আমাকে। ওদের মায়েরা আমার মায়ের থেকে অনেক ভালো রান্না করে। আর তাছাড়া পরীক্ষায় আমারই দেখে টুকে পাস করে ওরা। ওরা আনগ্রেটফুল হতে পারে, কিন্তু আমার প্রাপ্যটা আমাকেই বুঝে নিতে হয়। কমিশন কখনো উড়ে উড়ে চলে আসে না। তার

জন্য নড়ে ঘাস খেতে হয়। ঘাস নয়, ওরা টিফিনে যা আনে, তাই খেতে হয়। পিৎজা, স্যান্ডুইচ... নাহলে ওই রুটি আর কুমড়োর তরকারিতেই আমার জীবনটা খাজা খাজা হয়ে যেতো নিজের টিফিনটুকু নিয়ে পরে থাকলে।

বিকেলে খেলতে যাইনি। রাজা আসবে না। কারুর পেছনে লাগার নেই আজ। নকা, কালুদের সাথে খেলে আরাম নেই। ওরা সব সময়েই ছক্কা মারে। ব্যাটে নারকোল তেল লাগিয়ে, বলে সাবান জল লাগিয়ে, কিছুতেই ওদের রান তোলা আটকাতে পারি না। আর তাছাড়া কাল মায়ের জন্মদিন। নিতু মামা নেহাত ভালো মানুষের মতো পায়ে পা তুলে নেমন্তন্ন খাবে, সেটা ভাবলেই কেমন যেন সারা গায়ে ঘামাচি হচ্ছে! না, ওই কী বলে... কাঁটা দিচ্ছে! নাহ! ঠিক তাও না! গা জ্বলে যাচ্ছে!

আমি বিকেল বেলা এসে বাবার সাথে প্ল্যান বানালাম। সন্ধ্যায় যেটা করবো, সেটা অরগানাইজড ক্রাইম। যাতে কোনো ক্লু না থাকে, তার সমস্ত আয়োজন করে নিলাম। তারপর মামার কাছে গেলাম।

– "কী রে, অঙ্কুর, আজ তোর টিউশান ক্লাসে যাওয়া নেই?" মামা ভয়ে আছে, আমাকে সশরীরে আসতে দেখে।

– "নাহ! চলো, ঘুরে আসি!" ভয় আরেকটু বাড়িয়ে দিলাম।

– "আজ বেড়োবার একদম ইচ্ছা হচ্ছে না রে!"

ইচ্ছা আর হবে কেন! বেড়োলেই তো উপহার কিনতে হবে!

– ‘‘কাল মায়ের জন্মদিন, ভাবছি একটা কিছু সারপ্রাইজ দেবো। কী করা যায় বলো তো?’’

– ‘‘বাঃ! খুব ভালো আইডিয়া! চিত্রা খুব আনন্দ পাবে!’’

– ‘‘হ্যাঁ, তাই জন্যই তো বলছি, চলো, আমি আর তুমি একটু কেনাকাটা করে আনি, কাল ঘর সাজাবো আর মায়ের জন্য কিছু কিনে আনবো।’’

– ‘‘তাই কর বরং! আমি সারা রাত ট্রেনে চেপে এসেছি, একটু এখন বিশ্রাম নিই!’’

– ‘‘তুমি সারাদিনই তো নাক ডেকে ঘুমিয়েছো। মা বলছিলো। চলো না, ঘরের মধ্যে বসে থাকতে হবে না। আরো মুড খারাপ লাগবে।’’

এত কথার পর নিতু মামা গেলো তো না-ই, বরং একটা হাত ঘড়ি গছিয়ে দিলো, বললো সারিয়ে আনতে। তবে আমিও ছাড়ার পাত্র নই। বললাম, ‘‘মামা, এক কাজ করো, মা’কে একটা কেক বানিয়ে খাওয়াও জন্মদিনে! তুমি তো বলেছিলে, তুমি নাকী খুব ভালো রান্না করতে পারো!’’

মামা ভাঙবে তবু মচকাবে না। মামা জানায় সে রান্না করতে পারে যদি আমি কেকের সব উপকরণ নিয়ে আসতে পারি। এটাই তার কণ্ডিশন! আমি ভাবলাম একটা বড়ো মিশনে এরকম

ছোট ছোট খরচা হয়ই। আর যাবে তো সরকারী পয়সা (মানে বাবার পকেট থেকে)। মামা ফুট কেক বানাতে রাজী হয়েছে, ইউটিউব দেখে উপকরণের তালিকা আমার তালুর মধ্যে গুঁজে দিয়ে শুয়ে শুয়ে পুরনো গান শুনতে লাগলো আর পায়ে হাতে তাল দিতে লাগলো। আমিও তালে রইলাম ঝোপ বুঝে কোপ বসানোর।

দুই

ঘর সাজানো চলছে। মামা পায়ে পা তুলে বসে আছে, আর ফোনে গান শুনছে পা দুলিয়ে দুলিয়ে। আমাকে আর বাবাকে আঙুলের দোলায় নাচাচ্ছে। বাবা একা একাই পুরো ঘর পরিস্কার করেছে। আমি ফিরে আসতেই মামা বলল, "দেখ, কাবার্ডে কিছু চকচকে সিকলি রাখা আছে। লাগিয়ে ফেল।"

আমি লাগালাম একে একে।

– "মামা, কেক কখন বানাবে?" আমি আঁতে ঘা দিই।

– "বানাবো, বানাবো! চিন্তা করিস না!" উড়িয়ে দেওয়ার চেষ্টা করে নিতু মামা।

– "তুমি বরং এবার কাজ শুরু করে দাও! আমি ঘর সাজানোর দিকটা দেখে নিচ্ছি।"

সেটাই যেন চাইছিল নিতু মামা। সানন্দে টুপ করে আরাম কেদারা থেকে উঠে চলে গেলো রান্না ঘরে।

– "অঙ্কুর বাবু, একবার আসবেন!" কেমন গদগদ শোনাচ্ছে! এত ভালোবাসা? তার মানে রান্না ঘরেও ম্যানেজারির কাজ করার ইচ্ছা নিতু মামার। ভেবেছে রান্না ঘরে বোধ হয় একই ভাবে আমাকে দিয়ে সব করিয়ে নেবে! সেটি হচ্ছে না! আমি চলে এলাম রান্না ঘরে।

– "অনেক দিন রান্না করিনি, ইউটিউব টা একটু চালা তো!" ব্যস! এই দুর্বলতার সুযোগ নিয়ে আমি অন্য ভিডিও চালিয়ে দিয়েছি। হাজার জন লোকের হাজার রকম রেসিপি। ভাবলাম মাথাটা গুলিয়ে দিতে পারবো, কিন্তু প্রথম প্ল্যানটা ফেল হয়ে গেলো। মামা ঠিক আমার হাত থেকে নিয়ে আগের ভিডিও টা চালিয়ে দিলো। মাখন, ড্রাই ফ্রুটস, জল, ব্রাউন সুগার, আর মধু মিশিয়ে আভেনে বসায় মামা। আর এরকমই সময়ে পাওয়ার কাট! নিতু মামা ফোনে আলো জ্বালানোর চেষ্টা করে, আলো জ্বলে না। আমি সে ব্যবস্থা করে রেখেছিলাম আগেই।

নিতু মামা ভুতে বিশ্বাস করে না, কিন্তু ভগবানে করে। মাঝে মধ্যে মামার মাথার মধ্যে তেনারা কথাও নাকী বলে। তাই জন্যই মামাকে বাজিয়ে দেখতে এই ছোট্ট আয়োজন। "জানলার বাইরে ওটা কী রে?" বলে মামা মেঝেতে সটান বসে পরে।

– "কী বলো তো ওটা? ভূত টুত নয় তো?" এই বলে আমি অন্ধকারে এমন চেঁচিয়ে উঠি, মামার মাথা ঘুরে যায়! তারপর হঠাৎ প্যানটা জ্বলজ্বল করতে ওঠে, আর স্বমহিমায় শূন্যে উঠে সটান নেমে আসে মেঝেতে! নিতু মামার চোখের সামনে প্যানটা কেমন হুরুস করে রান্না ঘরের বাইরে চলে গেলো! মামার মাথার সব অঙ্ক গুলিয়ে গিয়ে, "ভ-ভ-ভু-উ-উ-..." বলে চেঁচিয়ে উঠে মামা মূর্ছা গেলো। ফুলের ঘায়ে নয়, ভুতের ভয়ে।

মেন সুইচ জালিয়ে বাবা সাদা চাদর আর পরচুলা খুলে তারাতারি ভেতরে ঢুকে এসে বললো, "মামা-র যদি কিছু হয়, তাহলে কী হবে বল তো!"

আমি আমার পার্টনার ইন ক্রাইমকে আশ্বাস দিলাম। আর ভুতো তত‍ক্ষণে ফিরে এসেছে। ওর পা থেকে সুতো খুলে নিলাম, প্যানটা সরিয়ে দিতে হবে। পুরো মিক্সচার টা যাতে পরে না যায় আমি আসল প্যান টা সরিয়ে রেখেছিলাম, যখন বাবা জানলায় ভুত সেজে এসেছিলো। আর ফ্লুরসেন্ট দেওয়া সাদা প্যান টা ভুতোর পায়ের সুতোর সাথে বেঁধে দিই কিছু সেকেন্ডে। তারপরেই ভুতোর দৌড় আর প্যানের ভুতুরে উড্ডয়ন। আ পারফেক্ট ক্রাইম! আমি সরিয়ে রাখা প্যানটা ফের আভেনে বসিয়ে দিই। সাদা প্যানটা নিয়ে বাবা কেটে পরে। আমি জল ছিটিয়ে নিতু মামাকে ওঠাই।

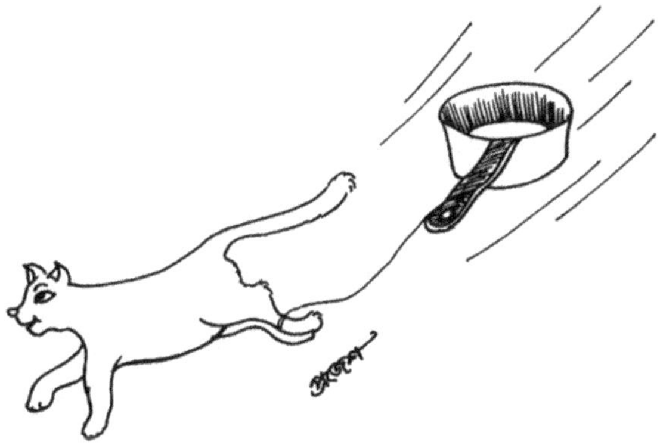

– "কী হলো গো মামা?" আমি ধোয়া তুলসী পাতা সাজি।

– ''প্যানটা হাওয়ায় ভেসে গেলো! আর জানলায়...''

– ''কী জানলায়? জানলায় আবার কী দেখলে গো নিতু মামা! তোমার বিশ্রামের প্রয়োজন আছে। তুমি উঠে দাঁড়াও, দেখো – প্যান তো আভেনেই আছে!''

মামা নিজেকে সামলে নিয়ে উঠে দাঁড়িয়ে প্যানটা দেখে থমকে গেলো। একবার জানলার দিকে তাকায়, একবার প্যানের দিকে। যাইহোক, সন্ধ্যা বাড়লো, রান্নাও এগোতে লাগলো। মামা ডিম চাইতেই ঠোঙা থেকে বেড় করে তিনটে ডিম ধরিয়ে দিলাম মামার হাতে। তার পরেই অ্যাটাক ভুতোর। ভুতো মামার হাতে ডিম গুলো লক্ষ করে লাফায়। মামা একটা করে ডিম উপরে তুলে দেয়, একটা থাকে হাতে, ফের সেটা নিচে আসে, অন্যটা তুলে দেয় হাওয়ায়!

– ''মামা, তুমি এত ভালো জাগ্লিং করতে পারো তা তো জানা ছিলো না!''

– ''পারি, পারি, যে রাঁধে, সে জাগ্লিং-ও করতে পারে!''

এই বলতে বলতেই একে একে সব কটা ডিম মামার পাঞ্জাবিতে টুপ টুপ করে এসে পড়লো, আর ভুতো তার মিশন শেষ করে সোজা রান্নাঘরের বাইরে। মামা রেগে মেগে ভুতোর পিছনে ছুটেছে!

– ''অ্যায় হতচ্ছাড়া বেড়ালের বাচ্ছা! আজ তোর একদিন কি আমার একদিন! দাঁড়া বলছি!''

ভুতো ছোটে, মামা ছোটে। আমি মন ভরে এক চোট খল হাসি হেসে নিই রান্নাঘরে দাঁড়িয়ে এসব মজা দেখতে দেখতে। মামা হার মানে। উঠোনের মাঝখানে বসে পরে। বাবা এসব নাটকের মাঝে ভালো মানুষ সেজে এন্ট্রি দেয়। যেন ভাজা মাছটি উল্টে খেতে জানে না! যদিও ভাজা কেন, বাবা মাছই খায় না!

– "নিতু মামা, কী হলো গো? এসো, এসো, ভেতরে এসে বসো!" বাবা কাটা ঘায়ে নুনের ছিটে দেয়।

নিতু মামা বলে সবটা। বাবা কোন মতে হাসি চেপে নিতু মামাকে শান্ত করে। যাইহোক, আমার সব প্ল্যান মতো মিশন কমপ্লিট হয়েছে। তাই যথারীতি আমি ভালো ছেলের মতো মামাকে বেশ করে কেক বানাতে সাহায্য করে প্রশংসা কুড়িয়ে নিই। কেক রেডি হয়। রাত বারোটা বাজে। মামা, আমি আর বাবা মিলে হাতে কেক নিয়ে গেলাম সাজিয়ে রাখা ঘরে। ডেকে আনা হলো মা'কে। মা'য়ের মুখ হাসিতে উজ্জ্বল হয়ে উঠলো। মা-বাবার মুখের হাসি টুকুর থেকে দামি আর কিছুই হতে পারে না।

মা বলল, "তুই এত ভালো কেক বানাতে কবে শিখলি রে নিতু মামা?"

নিতু মামা সবাইকে অবাক করে দিয়ে মা-কে একটা খুব সুন্দর শাড়ি উপহার দিলো। মামার পাঞ্জাবি থেকে তীব্র ডিমের গন্ধ বেরোচ্ছে। আমার এই প্রথম একটু খারাপ লাগলো। ডোজটা বেশিই হয়ে গেছে।

পরের দিন ভোর বেলা উঠে দেখি নিতু মামা চলে গেছে। আমি খেয়ে দেয়ে রেডি হয়ে স্কুলে গেলাম। ব্যাগ খুলতেই দেখি পাঁচ পাঁচটা সুন্দর গল্পের বই! বই গুলোর প্রথম পাতায় মুক্তাক্ষরে লেখা – অঙ্কুরকে অনেক আদোর আর ভালোবাসা সহ, নিতু মামা। তার নিচে তারিখ দেওয়া।

একটা ছোট কাগজে একটা নোটও লেখা আছে।

প্রিয় অঙ্কুর,

হাত ঘড়িটা সারিয়ে আনার জন্য ধন্যবাদ। তোমার আর তোমার বাবার কাণ্ড অজ্ঞান হওয়ার ভান করে আমি সবই দেখেছি আর উপভোগ করেছি। তোমার মতো আমিও ছোটবেলায় অনেক দুষ্টুমি করেছি। আমার দুষ্টুমির তুমি ধারে কাছেও যেতে পারবে না। তবে দশম শ্রেণীতে অত্যন্ত ভালো ফল করার জন্য তোমার জন্য রইলো ছোট্ট উপহার। পি ডি এফ-এর থেকে আসল বই পড়তে ভালো লাগলে বুঝবো উপহার পছন্দ হয়েছে। পরের বার আমি তোমাদের নিয়ে কাশ্মির বেড়াতে যাবো। প্রমিস! ভালো থেকো, আর দুষ্টুমি চালিয়ে যেও।

– নিতু মামা

আমি হাসবো, না লজ্জায় মুখ লুকবো বুঝতে পারছিলাম না। অরিন্দম আমার হাতে চিঠি দেখে দাঁত বেড় করে জানতে চাইলো, "লাভ লেটার কে লিখলো রে তোকে?"

– “যা ভাগ্! নিজের চরকায় তেল দিগে যা!” ঝাঁঝিয়ে উঠি আমি।

09-07-2024

বিরল আলো

আমি আঁধার রাতের আলোর মতো

গাছের সবুজ হবো

মরুর বুকে নীল নদ হয়ে

প্রবল বেগে বইব।

জ্ঞানের আলোর স্বর্ণ প্রদীপ

করবে আঁধার দূর

জীবন মরণ তুচ্ছ করে

গাইব মানব সুর।

আপন মনে জীবন ভরে

জ্ঞান আহরণ করব

অন্ধকারের আঁধার চিড়ে

প্রবল বেগে বইব।

স্থবির পুঁথির অজ্ঞানতার

অন্ধ সংস্কার –

মিথ্যা কথায়, অন্ধ জ্ঞানে

হানবো বিষোদ্গার।

ক্ষুদ্র জীবন, ক্ষুদ্র প্রাণ

পার হয়ে ভয়-পাহাড়

মিথ্যা-বলা ভেকধারিদের

ভাঙব অহংকার।

মানব ধর্ম – মানব সেবা,

এই জীবনের মান –

বিরল প্রাণে গাইব আমি

মানবিকতার গান।

13-02-2024

হাসি থাকুক

দুইটি হাঁসের তিনটি ছানা

হাহা, হিহি, হোহো।

হাঁস পরিবার সদাই সুখী

মুখে হাস্য সহ।

হাসছে সবাই, ভাসছে জলে –

তাই দেখে সুখ হাহা-র,

মায়ের সাথে অনেক কথা –

প্যাঁক প্যাঁকানি হাজার!

গলা নেড়ে বাবা হাঁস

গুণ গাইছেন হিহি-র,

হাস্যে মুখর জলের ধারা

বইছে হাস্য দিঘীর।

হাসাহাসি চলে দিনভর

হাহা এবং হোহো-র,

হাসি ভরুক সবার মুখে

পল্লী থেকে শহর।

30-07-2020

বন্যেরা বনে সুন্দর

অরুণীমা সুন্দর বনে এসেছেন গত সপ্তাহে। তিনি উদ্ভিদ বিজ্ঞানী। তাঁর রিসার্চে তিনি এক ধরনের গাছের ওপরে লেখা লিখছেন, এবং তাঁর এখানে আসার কারণই হলো এ বিষয়ে গবেষণা করা। একাই আসার ইচ্ছা ছিলো, কিন্তু তাঁর ছাত্র রাজেশ আর ছাত্রী নিশিতা জেদ করে তাঁর সাথে লেজুর হয়ে এসে হাজির হয়েছে। তারা তাঁর গাইডেন্সেই পি এইচ ডি করছে।

প্রথম সপ্তাহে রাজেশ আর নিশিতা ক্যানিং স্টেশনে নেমেই বায়না করে ছোটদের মতো – তারা আগে দেখার জায়গা গুলো দেখে নিতে চায়। তাই ক্যানিং বাংলো দেখে দু'য়েকটা সেলফি তুলে নিয়ে, অটোয় করে পৌঁছয় সোনাখালি ফেরী ঘাট। সেখানে বোট ভাড়া করে তারা। খাওয়া দাওয়ার ব্যবস্থা সব সেখানেই। বোটে চা, লুচি, আলুর দম খেতে খেতে ম্যানগ্রোভ জঙ্গলের দৃশ্য দেখতে খুবই ভালো লাগছিলো। গোসাবা আইল্যান্ডে পৌঁছে হ্যামিলটন বাংলো আর বিকন বাংলোতে ঢু মারা হয়। ছবি টবি তুলে একটু বাজার দেখে বোটে ফেরা। নীচে বিশ্রামের সুন্দর ব্যবস্থা, বাথরুম – সবই ছিলো। পরদিন বালি আইল্যান্ড। বোটে ফিরে লাঞ্চ। "বাঙ্গালী খাবারের কোনো বিকল্প হয় না।" এই বলে নিশিতা বড়োসড়ো একটা লেকচার দেয়। সেই তালে

গপাগপ চিকেন সহযোগে গরম ভাত সাবার করতে থাকে বন্ধু রাজেশ। এরপর একটা ছোট বাজারে ঘোরা হলো। হোটেলে পৌঁছে রাতে বনফায়ার, হালকা গান বাজনা, এবং সুস্বাদু ডিনার। তারপর আরামের ঘুম!

পরের দিন বাঘ দেখতে বেড়নো হলো, কিন্তু বাঘের দেখা মিলল না। তারপর গবেষণার কাজ, বই পত্র পড়া, আর বিভিন্ন তথ্য সূত্র সংগ্রহ করতে করতে কেটে যায় সেই সপ্তাহটা। দ্বিতীয় সপ্তাহে অরুণীমা বেড়িয়ে পড়লেন জঙ্গলের মধ্যে থেকে তাঁর অন্বেষণ আর গবেষণা চালাতে। তবে প্রথম দু'দিন বিস্তর খোঁজা খুঁজি করে মিলল না কিছুই। তাঁরা অবশেষে ক্লান্ত হয়ে একদিন সন্ধ্যার দিকে জঙ্গলের এক অজানা প্রান্তে গাড়ি থামিয়ে বসলেন। অরুণীমা জঙ্গলের সমস্ত অংশ গুলোতে যাওয়ার বিশেষ অনুমতি করিয়েই রেখেছেন। তাঁর এই প্রোজেক্টে একটি সংস্থা অর্থ দান করছে। আর তারাই অরুণীমার জন্য এই বিশেষ ভাবে সজ্জিত বড়ো গাড়িটির ব্যবস্থা করে রেখেছেন।

গাড়ির মধ্যেই আছে ছোট স্নান ঘর, রান্নার জায়গা, আরো কত কী! কিন্তু গাড়িটি সহজেই ঘন জঙ্গলের মধ্যে দিয়ে চালানো যায়, এমনই তার চাকা গুলো। তাঁরা বসে আছেন, হঠাৎই নিশিতা চমকে উঠে বলল, "আচ্ছা, ওটা কী?"

– "কোনটা কী?" অরুণীমা তাকালেন জঙ্গলের দিকে।

– "ওই যে কি একটা চকচক করছে!"

ওরা নেমে কাছে গিয়ে দেখতে পেলো, একটা অদ্ভূত গাছ। গাছটায় এক গাদা ছোট ছোট সাদা ফুল। তবে সবচেয়ে মজার বিষয় হলো, ফুল গুলো আলোর মতো জ্বলছে! তারা তিনজন মুগ্ধ চোখে তাকিয়ে রইলো গাছটার দিকে। এমন অতি প্রাকৃতিক দৃশ্য তাঁরা কখনো দেখেননি। রাজেশ যত গুলো সম্ভব ছবি তুলে ফেলল তার ক্যামেরায়।

গাছটির লোকেশান চিহ্নিত করে অরুণীমা তাঁর ল্যাপটপে কী সব লিখতে লাগলেন। সন্ধ্যা বাড়লো। একী! গাছটার পাতা গুলোও চকচকে সবুজ আলোর মতো জ্বলতে লাগলো। সাদা ফুল আর সবুজ পাতার সমাহারে অপরূপ সুন্দর দেখতে লাগছিলো গাছটিকে। এই গাছটিই খুজছিলেন বোটানিস্ট অরুণীমা। তাঁর প্রচেষ্টা সার্থক হয়েছে। গাড়িতে বসে ছিলো দুই বন্ধু। অরুণীমা একাই নেমেছিলো গাড়ি থেকে। গাছটির থেকে অদ্ভূত এক আভা বেড়চ্ছিলো। এই অপূর্ব দৃশ্য অরুণীমার প্রাণ ভরে দেখতে ইচ্ছা করছিলো।

সেই গাছের দুটি ফুল, আর চার পাঁচটা পাতা দস্তানা হাতে পরে তিনি কেটে নিলেন নমুনা হিসেবে। কাটার পরেও পাতা আর ফুল গুলো ঠিক একই রকম হালকা আভায় জ্বলতে থাকে।

এমনই সময় হঠাৎ অদূরেই জঙ্গলে পাতা নড়ে উঠলো। অরুণীমা গাড়ির থেকে একটু দূরেই দাঁড়িয়ে ছিলেন। তিনি বুঝেছেন এই পাতা নড়ার অর্থ। চারপাশে সব পাখিরা থেমে গেছে, যেন গাছের পাতাও নড়ছে না আর! এমন নীরবতা যেন কোনোদিন তাঁর বায়োলজি ক্লাসেও দেখেননি প্রোফেসর মানসের ক্লাসে। অরুণীমা মাথা নীচু করে দুই কাঁধ যথা সম্ভব আলগা করে গাড়ির দিকে ধীরে ধীরে পিছোতে থাকলেন।

পিছোতে থাকলেন সন্তর্পণে। পায়ে শব্দ না করে। প্রথমে চোখে পড়লো একটা পা। ঝোপের পাশে স্থির সংকল্প নিয়ে দাঁড়িয়ে আছে একটা বাঘ। এই সেই রয়্যাল বেঙ্গল টাইগার? শক্তি, সৌন্দর্য, হিংস্রতা, আর প্রাণশক্তির প্রতীক!

তাঁর সাথে তো কোন শত্রুতা নেই উদ্ভিদ আর প্রাণীদের। তিনি তো উদ্ভিদ বিজ্ঞানী, প্রকৃতি তো তাঁর বন্ধু! তবে বাঘ মামার রাগের কারণ কী! তবে কি কোন অনধিকার চর্চা করা হয়েছে ভুল বশত? তাঁর মনে পড়লো, হাতে রয়েছে সেই অদ্ভুত ফুল আর জ্বলজ্বলে পাতা। তাকিয়ে দেখলেন সেই গাছটি যেন আরো বেশি আলোকিত হয়ে উঠেছে! আর তার পাশে দুটো চোখ আগুনের মতো জ্বলছে! ইচ্ছা হচ্ছে দৌড়ে গিয়ে গাড়িতে ওঠার। কিন্তু উপায় কোথায়? বাঘের চোখে চোখ পড়তেই শরীরটা যেন অসাড় হয়ে গেলো। মাথাটা ঘুরে গেলো। হাত গুলো ঠাণ্ডা হয়ে গেছে। সামনে সাক্ষাৎ মৃত্যু। অরুণীমা সন্তর্পণে পিছিয়ে আসছিলেন। কিন্তু আর যেন পা চলছে না। পা দু'টোর কী হলো? গবেষকদের মাথা ঠাণ্ডা রাখার অভ্যাস থাকে। মাথা কেন, এই মুহূর্তে সারা শরীরই যেন ঠাণ্ডা হয়ে আসে অরুণীমার।

বাঘটা আরো এক পা এগিয়ে আসতেই তার বিশাল কঠিন শরীরটা গাছের আলোয় জ্বলজ্বল করতে থাকে! মনে হয় যেন ডোরা কাটা একটা আগুনের পিণ্ড! মাথাটা আরেকবার ঘুরে যায় অরুণীমার। মাটিতে লুটিয়ে পড়েন।পরে যাওয়ার সময় হাত

থেকে ফুল আর পাতা গুলো পরে যায়। দু'টো বজ্র কঠিন হাত এসে তাঁকে কে যেন শূণ্যে তুলে নেয়। আর কিছু মনে নেই অরুণীমার।

নিশিতাই তাঁকে সর্বশক্তি দিয়ে গাড়িতে তুলে নিয়েছিলো। রাজেশ কোনো ক্রমে দ্রুত গাড়ি চালিয়ে সেখান থেকে বেড়িয়ে আসে। জঙ্গলের পথে গাড়িতে যেতে যেতে রাজেশ জানায়, ওদের শিক্ষিকাকে অদ্ভূত ভাবে পিছু হাঁটতে দেখে ওদের সন্দেহ হয়। রাজেশের চোখে পরে ঝোপের পিছনে দাঁড়িয়ে থাকা সেই প্রাণীটি। আর তখনই এক মুহূর্ত সময় নষ্ট না করে সে গাড়ি চালিয়ে দেয় আর নিশিতা গাড়িতে তুলে নেয় অরুণীমাকে।

রাজেশের তোলা ছবি গুলো কনফিডেন্সিয়াল প্রমাণ হিসেবে দেশের সরকারের কাছে জমা দেওয়া হয়। অরুণীমার গবেষণা পত্র প্রকাশিত হয় এক আন্তর্জাতিক জার্নালে। কিন্তু পাতা আর ফুল গুলো হাত থেকে ফেলে আসায় গাছটির জৈবিক উপাদান খুঁজে বেড় করা সম্ভব হয় না। তবে তাঁর এই গবেষণার জন্য দেশে বিদেশে নানা প্রান্ত থেকে সম্মানিত ও পুরস্কৃত করা হয়। তবে তাঁরা কাউকেই জানাননি যে গাছটা ঠিক কোথায় অবস্থিত। গাছটার নিরাপত্তার কথা চিন্তা করেই বিষয়টির গোপনীয়তা রাখতে হয়েছে। অবশ্য অরুণীমা বুঝেছেন, গাছটার রক্ষকের প্রয়োজন নেই। সেটার রক্ষার দায়িত্বে আছে এক পরাক্রমী, বীর নাইট। প্রকৃতি নিজেই তার অমূল্য সম্পদ রক্ষা করতে জানে। তবে প্রকৃতির ওপর অনধিকার চর্চা বা প্রয়োজনের অতিরিক্ত হস্তক্ষেপ সর্বনাশ ডেকে আনতে পারে। বাকী জীবনটা বিজ্ঞানী অরুণীমা সুন্দরবনের পশু সংরক্ষণে আর জঙ্গলের উদ্ভিদ সংরক্ষণে নিজেকে উৎসর্গ করে দেন। সেই গাছটাকে দেখতে প্রতি মাসেই তিনি চলে আসেন জঙ্গলের সেই দুর্গম প্রান্তে। কিন্তু আর কখনো সেই গাছে স্পর্শ করার চেষ্টাও করেননি।

তবে জীবনেও কোনোদিন সেই আগুনে প্রাণীটার দর্শন আর মেলেনি।

22-07-2024

উৎসব নেই রাস্তায়

লাল মাটি পিচে মোরা

ধুলো তবু উড়ছে,

দিনশেষে সূর্যটা

পশ্চিমে ডুবছে।

কুয়াশায় ঢেকে যায়

আছে প্রাণ, নেই শ্বাস,

ভিতরে চাঁদের হাট,

হুল্লোড়, ক্রিস্টমাস।

কুয়াশায় পথ কাঁপে

পঙ্গু উলঙ্গ,

সান্টা তো মেঘে বসে

দেখে যান রঙ্গ।

রঙ্গের পৃথিবীতে

ধূলো পর্যাপ্ত,

ঘরেতেও নেই সুখ,

সুখ পাওয়া শক্ত।

28.12.2013

শিবের ভাই ন্যাপলা

পাড়ার মাঠে স্পোর্টস আছে আজ,

মাঠ সাজানো চলছে তাই।

মাঠের ধারে সাদা রেখা

দৌরবে আজ শিবের ভাই।

খবর পেয়ে শিবের মেশো

বলে বসলেন, "চল রে শিবে,

ঘুরেই আসি মাঠ থেকে – দৌড়লে

তোর গায়ে ভীষণ জোর হবে।"

শিবের ভাই ন্যাপলা গুঁই,

পায়ে ভীষণ জোর তার।

রোজ ফুটবল খেলার মাঠে

মণীশংকর জোয়ার্দার,

যখন বলে লাথি মারেন

তখনই বল মাঠ ছাড়ায়

ন্যাপলা তখন নিয়ম করেই

কুরিয়ে সে বল এনে দেয়।

বল কুরিয়েই পেয়েছে সে

তার পায়ে এমন শক্তি,

যখনই কেউ 'প্যাংলা' বলে,

নিজেই দেয় এ যুক্তি!

আগেই ন্যাপলা শিবের দিকে

তাকিয়ে বলল হঠাৎ,

"পরবি রে তুই মুখ থুবরে

মাঠের মাঝেই চিৎপাৎ!"

এসব শুনে তখন শিবের

দন্ত বিকাশ হলো,
'হেঁ হেঁ' করে বিশ্রী হেসে
নিজেই মাঠে নামলো।
ন্যাপলা, শিবে দাঁড়ায় মাঠে
বিশাল একটি সারিতে,
ন্যাপলা তাকায় শিবের দিকে
বিশ্রী চোখের দৃষ্টিতে।
রেসের বাঁশি বাজলো যখন,
দৌড় হলো শুরু –
ন্যাপলা ছোটে, শিবে ছোটে,
ছোটে হোঁদা, হারু।
ন্যাপলা দিলো পা বাড়িয়ে,
খাবেই হোঁচট শিবে,
পা বাড়িয়েই রইলো বসে
ন্যাপলা চক্ষু মুদে।
শিবে তো হোঁচট খেলোই না,
প্রথম হলো রেসে,

পা বাড়িয়েই বসে ন্যাপলা

কাঁদতে থাকলো শেষে।

24-06-2013

প্রাতঃরাশ

কবিতা : দেজ্যনে দ্যু মাত্যাঁ ('Déjeuner du Matin')

কবি : জাক্ প্রেভ্যার্

তিনি কফি ঢেলে দেন

কাপটায়

দুধ ঢেলে দেন

কফির কাপে

চিনি দিয়ে দেন

দুধ-কফিতে

ছোট্ট চামচটা দিয়ে

গুলে ফেলেন

খেয়ে নেন দুধ-কফিটা

আর কাপটা রাখেন

আমার সাথে কথা না বলে

একটা সিগারেট

ধরিয়ে ফেলেন

সেই ধোঁয়া দিয়ে কিছু

রিঙ বানান

ছাইগুলো ফেলেন

অ্যাস্ট্রেতে

আমার সাথে কথা না বলে

আমার দিকে না তাকিয়ে

উঠে পড়েন

তাঁর হ্যাটটা

চাপিয়ে নেন মাথায়

পরে নেন

তাঁর বর্ষাতিটা

কারন বৃষ্টি পড়ছিল

আর তিনি রওনা দেন

বৃষ্টির মধ্যেই

একটাও কথা না বলে

আমার দিকে না তাকিয়ে

আর আমি দু'হাতে রাখি মাথা

আর ভেঙে পড়ি কান্নায়।

(১৯৪৬ এ প্রথম 'পারোল' (বাংলা অর্থ : কথা) কাব্যগ্রন্থ প্রকাশিত হয়। সেই গ্রন্থের ৯৫ টি কবিতার মধ্যে এটি অন্যতম। সিম্বলিজম আর স্যরিয়্যালিজমের কবি জ়াক্‌ প্রেভ্যার্‌ তাঁর জীবৎকালেই দুই বিশ্বযুদ্ধের ভয়ালতার প্রত্যক্ষ অভিজ্ঞতা করেছেন। এই কবিতাটা সবচেয়ে জনপ্রিয় এবং সারা বিশ্বে বহু চর্চিত ফরাসি কবিতার মধ্যে অন্যতম।)

ভাবানুবাদের প্রচেষ্টা :

প্রজেশ কুমার বসু

1-8-2024

শহরের বৃষ্টি

বাবাকে এসে শেষমেশ অনুযোগ করেই বসল অনুজ। "শুভ আমাকে মেরেছে, বাবা! বলেছে কাল দেখে নেবে!"

বাবা ল্যাপটপ থেকে চোখ না সরিয়ে বললেন, "কেন, টিচারকে বলতে পারিস না?"

– "শুভ বলেছে স্যারকে বললে ও সবাইকে বলে দেবে..."

– "কী বলে দেবে রে? কী ঘটিয়েছিস?" মায়ের গলা ভেসে এলো রান্নাঘর থেকে।

জেঠিমা ঘরে এসেছেন, হাতে একটা উপহার! তাতে আবার রঙিন কাগজ মোরা! "কী এনেছো গো, মেজমা?" আনন্দ আর ধরে না, অনুজের গলায়!

– "এই নে, তোর জন্মদিনে আসতে পারিনি, এটা কিনেছিলাম তোর জন্য। অনুজ বাবু কত্ত বড়ো হয়ে গেল!" বলে জেঠিমা উপহার এগিয়ে দিলেন অনুজের দিকে। অনুজ "বাঃ! থ্যাঙ্ক ইউ!" বলেই রঙিন কাগজের মোড়ক খুলতে লাগল।

বেরিয়ে এলো সুন্দর একটা বই। মন্দার নাথের লেখা অনেক ছবিতে ভরপুর ছোটদের একটা বই। আগের বছর এই জেঠিমাই দিয়েছিলেন একটা ছোটদের এনসাইক্লোপিডিয়া। প্রতি

বছরেই তিনি উপহার দেন সুন্দর সুন্দর বই। বাংলা বই পড়ার প্রতি তার আগ্রহ প্রবল!

ওদের স্কুলটা বাংলা মাধ্যমের সরকারী বয়েজ স্কুল। সৌরভ গাঙ্গুলী (খেলোয়াড় সৌরভ নন!) ওদের ক্লাসের মনিটর আর ফার্স্ট বয়। ভালো ছেলেদের দলে সে। তার আবার বই পড়তে ভালো লাগে না। প্রথম বেঞ্চের সব ভালো ছেলেদের আবার একজন করে এবং খুব ভালো ছেলেদের দু'তিনজন বান্ধবী আছে! টিউশন ব্যাচে হওয়া গার্ল ফ্রেন্ডস!

অনুজরা পড়ে ক্লাস সিক্সে। অনুজ ভাবে, ভালো ছেলে তার আর হওয়া হবে না! সৌরভ, সম্বিত, সঙ্কেত – যারা ভালো ছেলে, তারা ওকে নিয়ে ঠাট্টা করে, সব রকম ভাবে পড়াশোনায় নিরুৎসাহিত করে। মারধোরও করে রোজই।

যাইহোক, অনুজ বইটা হাতে পেয়ে খুব খুশি! পাতা উল্টে দেখতে লাগলো। বাবা খাটে তার কাগজপত্র, ল্যাপটপ, আর চায়ের কাপ নিয়ে বসে কাজ করছিলেন, জেঠিমা এসে পড়ায়, সব জিনিসপত্র এক পাশে সরিয়ে উঠে এলেন আর বললেন, "অনুজ, মা-কে বল, চা বানাতে। (জেঠিমা'র দিকে তাকিয়ে) বসো, বসো... আর যা গরম পড়েছে! গরমে তোমরা কেমন আছো সব?"

– "আমরা তো বেড়াতে যাওয়ার তোড়জোড় করছি... অনুজটাকে নিয়ে যাওয়ার খুব ইচ্ছা ছিল, কিন্তু ওর তো পরীক্ষা সামনে..."

অনুজ তখন ঘরে নেই, মায়ের কাছে গেছে রান্নাঘরে। বাবা বসলেন ছোট কাঠের চেয়ারটায়। কথা চলতে লাগল বাবা আর জেঠিমার – কিছুক্ষনের মধ্যেই মা সবার জন্য চা আর অনুজের জন্য হেলথ ড্রিঙ্ক নিয়ে এসে খাটে উঠে বসলেন। তাঁরা সবাই বেড়াতে যাওয়ার গল্প করতে লাগলেন এবং অনুজ সেসব উপভোগ করতে লাগলো। কথায় কথায় ঘুরে ফিরে স্কুলের কথা আসতেই অনুজ জানালো কাল স্কুলে যাওয়ার ইচ্ছে নেই তার। একদম ইচ্ছে নেই।

– "কেন রে? সামনে পরীক্ষা তোদের, এখন তো টিচার্স রা ভালো ভালো সাজেশন্স দেবেন!" বললেন জেঠিমা। আসলে সারা জীবন শিক্ষকতা করেছেন জেঠু আর জেঠিমা দু'জনেই।

"হ্যাঁ!" বলে অনুজ চলে গেল পড়ার ঘরে – যেন কিছু মনে পড়ে গেছে। আসলে ওর মনে কী চলে, ওর মা বাবা না জানলেও এই মেজমা ঠিকই জানেন। মাঝে মাঝেই স্কুল থেকে ফেরার পথে ও যখন মেজমা-র বাড়িতে যায় – তখন মনের প্রানের সব কথাই হয় এই জেঠিমা আর জেঠুর সাথে। জেঠিমার এক মেয়ে। সে থাকে বিদেশে। কী যেন এঞ্জিনিয়ারিং -এর সাবজেক্ট নিয়ে পড়াশুনা করতে গেছে কানাডায়। তাই জেঠু আর জেঠিমা একাই থাকেন তাদের বাড়িতে।

প্রায়ই অনুজ দুঃখ করে বলে জেঠুকে – ওদের ক্লাসে যারা ভালো নাম্বার পায় পরীক্ষায়, তারা স্কুলের টিচারদের কাছেই

বেশিরভাগ টিউশন ক্লাস নেয় এবং সব প্রশ্ন খুব ভালো করে শিখে আসে পরীক্ষার জন্য। তা সত্ত্বেও তারা পরীক্ষায় টুকলি করতে এবং আলোচনা করে লিখতে পারদর্শী। কেউ লিখে আনে পরীক্ষা দেওয়ার বোর্ডে, কেউ লিখে আনে ছোট কাগজের টুকরোতে... কেউ আবার ফিসফিস করে জিজ্ঞেস করে করে লেখে পরীক্ষায়। এই ছেলেগুলো এভাবে ফার্স্ট সেকেন্ড হয়েও নির্লজ্জের মতো বাকী সাধারন ঘরের ছেলেদের ওপর অত্যাচার করে, মিথ্যে অভিযোগ করে শিক্ষকদের কাছে মার খাওয়ায়, টিফিনের খাবার কেড়ে খেয়ে নেয় ইত্যাদি। অনুজকে কেউ শিখিয়ে দেয়নি, কিন্তু অনুজের মধ্যে অদ্ভূত সুন্দর এক নীতি বোধ কাজ করে – পরীক্ষার হলে জোচ্চুরি করাটা তার চোখে এক অত্যন্ত বড়ো অন্যায়। চুরি করা কখনোই সততার পরিচয় হতে পারে না। যারা ছোটবেলা থেকে চুরি করতে শিখে বড়ো হয়, তাদের দলে অনুজ নেই।

স্কুলে অনেক ছেলে আছে, যারা আবার 'ভালো ছেলে'দের দলে পড়ে না – তারা স্কুলে ফুটবল-ক্রিকেট খেলতে আসে আর মনের সুখে অনুজের মতো দুর্বল রোগা নিরীহ বাচ্ছাদের ওপর মারধোর এবং নানা রকমের শারীরিক ও মানসিক ক্ষতি বয়ে নিয়ে আসে। কিছু কিছু প্রথম বেঞ্চের ছেলেরাও থাকে এদের দলে – তারা স্কুলের পেছনে গিয়ে মাত্র ক্লাস ফাইভ থেকেই সিগারেট, মদ খাওয়া শুরু করেছে – এছাড়াও বিভিন্ন সস্তার তামাকজাত জিনিসপত্র চলতেই থাকে।

শুভ আর সান্নিক দুই বছর ফেল করে এখন ওদের সাথেই পড়ে। এরা কোন সহপাঠীকেই শান্তি দেয় না। রোজ – প্রতিটা ক্লাসের ফাঁকে এবং টিফিনের সময় অতিষ্ঠ করে মেরে দেয়। শুভ ক্লাসে একবার ছুড়ি এনেছিল – কেউ টিচারদের কানে খবরটা দিয়ে আসায় শুভ-র বাবা-মা'কে ডেকে পাঠানো হয় স্কুল থেকে। এক মাস মতো শুভ কাউকে কিচ্ছু করতো না, এমন কী, সেই এক মাসে   অনুজের মতো অনেক রোগা নিরিহ ছেলেদের সাথে বন্ধুত্বও পাতিয়ে নেয় এই শুভ। কিন্তু শুভ-র মনে অশুভ গানের সুর যে থামেনি, তা কেউ বোঝেনি। শুভ এক মাস পরেই ফের আপন রূপ ধারণ করে।

একদিন শুভ তার স্মার্ট ফোন নিয়ে এসেছিল ক্লাসে। প্রায়েই আনে। টিউশন ক্লাসে তৈরি হওয়া নতুন গার্লফ্রেন্ডের ছবি দেখিয়েছিল অনুজ-কে। অনুজের বুক দুড়দুড় করেছিল। গার্লফ্রেন্ড শব্দটা শুনলেই বয়জ স্কুলে অন্তত এই বয়সে এমনটাই হয়! 'ভালো ছেলে'দের যদিও আর হয় না – ওরা খুবই অভ্যস্ত।

সেই সেদিন অনুজ শুভকে বলে বসেছিলো, ওর ফরাসি টিউশন ক্লাসে এক বান্ধবী আছে, কথা যদিও কোনদিন হয়নি, কিন্তু ওর রিমা-কে ভালো লাগে! সেই ছিল অনুজের অপরাধ। সেই থেকে শুভ তাকে ব্ল্যাকমেল করা শুরু করেছে। ব্যাটারি চালিত একটা টেজার গান এনে একদিন অনুজকে ভয় দেখিয়ে ইলেকট্রিক

শকও দেয়। ইংরেজি ভাষার প্রাইভেট স্কুলে অপরিসীম অর্থের বিনিময়ে শিশুদের পায়ের নীচে লাল কার্পেট বিছানো বাকী থাকে, কিন্তু অনুজদের মতো সাধারণ সরকারি বয়েজ স্কুলে বুলিইং, হিউমিলিয়েশন, র‍্যাগিং, নেশা, মলেস্টেশন, ব্ল্যাকমেল, মস্তানি, শারিরীক ও মানসিক নির্যাতন – এসব রোজের ঘটনা। কোথাও থাকে না কোন সিসি টিভি ক্যামেরা। প্রবল গরমে থাকে না এসি। নিয়মিত বেতন পাওয়া সরকারি শিক্ষকরা স্বভাবত ব্যস্ত থাকেন তাদের টিউশন নিয়ে, পলিটিকাল তর্ক অথবা পর নিন্দা পর চর্চায়। সব সরকারি বয়েজ স্কুলে যদিও ছবিটা এক নয়।

তবে অনুজের মতো অনেক শিশু আছে, যারা বোঝেই না (কে বোঝাবে!) কাকে বলে বুলিইং, কাকে বলে নির্যাতন।

ক্লাস ফাইভে ওঠার আগে অবধী ক্লাসের ছবিটা এমন ছিল না। এই নতুন ক্লাসে উঠে থেকেই সবাই যেন কেমন বদলাতে শুরু করেছে!

"সবাইকে বলে দেব তুই রিমার বয়ফ্রেন্ড!" এই বলে শুভ রোজ অনুজকে ভয় দেখায়। ফার্স্ট বয় সৌরভ গাঙ্গুলীকে কিছুদিন আগে এই শুভই গিয়ে জানিয়ে দেয় যে রিমা আর অনুজের মধ্যে প্রেম আছে! ফার্স্ট বয় এবং ক্লাসের আরো দু'-একজন তার টুকলির বা জালিয়াতির সঙ্গী সাথীরা অনুজকে নিয়ে ঠাট্টা করতে থাকে। আর সঙ্কেত রোজ টিফিন খেয়ে নেয়। সম্বিত

নামের এক অত্যন্ত কুচুটে এবং অহংকারী সহপাঠী আছে অনুজদের ক্লাসে – সেও পড়াশুনায় খুব ভালো, আর উচ্চাঙ্গ সংগীত শেখে – তাই যারা তার মতো ভালো ছেলেদের দলে পড়ে না, তাদের ওপর মারধোর আর বুলিইং চালাতে থাকে।

সবটা বলা হয়ে ওঠে না অনুজের – তবুও অনেকটাই বলে ফেলে তার জেঠু আর জেঠিমাকে। যদিও তাঁরা স্কুলে গিয়ে এসব নিয়ে রুখে দাঁড়ান না – কিন্তু তাঁরা অন্তত মানসিক ভাবে সঙ্গ দেন ছোট্ট অনুজকে।

এই সহপাঠীদের সৃষ্টি করা দম বন্ধ করা পরিবেশে যেতে ভালও লাগে না স্কুলে। রোজ মারধোর, নানান রকম ভাবে ব্ল্যাকমেল, আর ভালো ছেলেদের দৌরাত্ম – সব মিলিয়েই চলছিলো।

দু'-একজন ফেল্ করে দু'বছর একই ক্লাসে বসে থাকা ছেলে ক্লাসের বাইরে দাঁড়িয়ে কিছু বাজে কথা বলছিলো বা সমস্যা করছিলো, অনুজের মনে পড়ে। সেই ছেলেগুলোর ভুল কাজের জন্য, ভূগোলের স্যার অরিজিত গোস্বামী বিশাল ক্লাস ঘরের তিনটে দরজা বন্ধ করে দিয়ে, 'ভালো ছেলে', র‍্যাঙ্ক করা ছেলে, থার্ড বেঞ্চ, ফিফ্থ বেঞ্চ, স্কুলে ক্রিকেট-ফুটবল খেলতে আসা ছেলে, খারাপ ছেলে এবং ফেল করা ছেলে নির্বিশেষে সমগ্র ক্লাসের সব ক'টি ছাত্রকে স্কেল দিয়ে লাফিয়ে লাফিয়ে হাতে মেরে হাত লাল করে দিয়েছিলেন একবার। কেউ বাদ যায়নি!

উনি বলছিলেন, "একটা মশাও বাঁচবে না!" মাঝখান থেকে সিঁথে করে মুখ ভরে পান খেতে খেতে আসা অরিজিত স্যারকে সেদিন যম দূতের মতো সকলে ঘৃণা করেছিল।

এবং ওনার এই নির্মল আদরের হাতছানিতে সারা দিয়ে ওনার টিউশন ব্যাচেও যোগ দেয় অনেক ভালো ছেলে এবং ভালো ছেলেদের চাটুকারেরা! ওখানে অনেক গার্ল ফ্রেন্ডস হয় নাকী ওদের!

অনুকূল বাবু তো রোজ-ই এমন মারধোর করেন, তবে অরিজিত বাবুর সেদিন প্রতাপটাই অন্য মাত্রার ছিল!

ইতিহাসের স্যার ক্লাসে এসে বড়ো একটা প্রশ্ন বলে দিতেন, আর "খাতা খুলে লেখো!" বলে ঘুমিয়ে পড়তেন। তিনি কোনদিন বই থেকে বা বইয়ের বাইরে থেকে কিছুই পড়াতেন না। শুধুই প্রশ্ন দিতেন। এক দিনে একটাই দিতেন! বাংলার একজন স্যার সংস্কৃতের অনন্ত বাণী এবং ক্রিশ্চান প্রেয়ার যপ করে চেয়ারে বসে ঢুলে পড়তেন। ইংরাজীর টিচার তাঁর টিউশন ব্যাচের ক'য়েক জনের সাথে মিষ্টি মধুর বাক্যালাপ করতেন, নিচু গলায়... বাংলাতেই করতেন... পেছনের বেঞ্চ থেকে মনে হত কি বিরাট ব্যাপার! তবে তিনি মাঝে মাঝে বিদেশী ভাষাও আওরাতেন, আর ইচ্ছে করে ভুল বানান করে ইংরাজি লিখতেন বোর্ডে (অনেক জ্ঞান ধারনের এই এক মুশকিল! উপচে যায় মাঝে মধ্যে!), বলতেন, "মাঝে মাঝে ফরাসি আর ইংরাজী

গুলিয়েই যায়!" তিনি দাবি করতেন তিনি নাকি বিলেত ফেরত (যা তাঁর টিউশন ব্যাচের ইউ এস পি ছিল), তিনি তাঁর বিদেশী ঢং-এ, ছেলেদের পুরো স্কুল লাইন দিয়ে ঘুরিয়ে নিয়ে যেতেন একাদশ দ্বাদশ-শ্রেণীর ঘরে, বাচ্ছাদের দাঁড় করিয়ে কাঠের স্কেল দিয়ে দুই পায়ের ফাঁকে জল তরঙ্গ বাজাতেন! হাউ-হাউ করে কাঁদত বাচ্ছাগুলো! এখানেই শেষ নয়, এর ওপর ছিল মানসিক অত্যাচার – স্কেল দিয়ে নিগ্রহের পর সিনিয়ারদের সামনে অনৈতিক কথা বলে অপদস্ত করা। ওনার সেটাই স্টাইল ছিল! অনুজ ভাবত – ডবল এম. এ. এবং বিলেত ফেরত টিচার বলে কথা; উচ্চ শিক্ষিত পণ্ডিত শিক্ষকরা হয়ত এমনই হয়! কি মোহ, কি মায়া! আর একজন ছিলেন পি এইচ ডি ওয়ালা বাংলার শিক্ষক! অনুজ নিজের চোখে দেখেছে, ক্লাস ফাইভের এক শিশুকে কলার ধরে তিন ফুট উঁচুতে তুলে ক্লাসের বাইরে ফেলে দিতে! পান্ডিত্বের এমন বোঝা, এমন মহিমা!

দরিদ্রের রাজ্যে সরকারী স্কুলগুলোয় চাকরী নেই। চাকরীর পরীক্ষা নেই। শিক্ষা ব্যবস্থা হয়ে উঠল নাটকের প্রহসন। আর সর্বহারাদের ছোট ছোট শিশুরা? তাদের স্কুলের মুখ দেখাই হল না। মিডডে মিলের টাকা তছরুপ হচ্ছিলো রাজ্য জুড়ে, মানুষের অজান্তেই শিক্ষক নিয়োগে অপরিসীম দুর্নীতি চলেছিল বছরের পর বছর। সেই কারনেই, তাদের স্কুলে এমন অতি প্রতীভাবান, এবং দয়াশীল এক রাশ নকল শিক্ষকের আমদানী হয়েছিল। পুলিশ, ই ডি, সি বি আই এমন কি সি আই ডি -এর দৌর

দেখতে দেখতে, আর নকল শিক্ষকদের গ্রেফতার হয়ে শ্রীঘরে যেতে দেখে অনুজের হল ভারী মজা!

যেদিন পান খাওয়া অরিজিত বাবুকে সাংবাদিকরা এসে জিজ্ঞাসা করল, "ও এম আর শিট বিক্রিত করে যারা চাকরি পেয়েছে তাদের নামের একটা আংশিক তালিকা প্রকাশ করেছে স্কুল সার্ভিস কমিশন, সেই সব টিচার্সদের তো চাকরি থেকে বরখাস্ত করা হয়েছে। সেখানে আপনার নাম রয়েছে। কিন্তু আপনি এখনো এই সরকারী স্কুলে কীভাবে রয়েছেন?" অরিজিত বাবু প্রশ্ন শুনে আর ক্যামেরা দেখে দে ছুট! যখন তিনি হার্ডল্ রেস করছিলেন সাংবাদিকের সাথে, তাঁর মাঝ বরাবর সিথে ওয়ালা মাথার চুল গুলো সাক্ষাৎ শয়তানের মতো লাফাচ্ছিল মাথার ওপর। আর অনুজ দের মতো অন্যান্য সব ক্লাসের বাচ্ছারা বারান্দায় বেড়িয়ে এসে এরকম মজার দৃশ্য দেখে আনন্দে আত্মহারা হয়ে হো হো করে হাসতে থাকে আর হাত তালি দিতে থাকে।

– "দাঁড়ান, দাঁড়ান, স্যার, কোথায় যাচ্ছেন? দাঁড়ান, আমাদের উত্তর দিয়ে যান, স্যার!"

মিডিয়ার লোকজন দৌড়োচ্ছেন, আর স্যার চোরের মতো দৌড়োচ্ছেন! সে কি অভূতপূর্ব দৃশ্য! সব ছাত্রেরা সব ক্লাস থেকে বেড়িয়ে এসে "চোর, চোর, ধর, ধর, ধর, ধর! " বলে ছুটছে! স্যার অবশেষে এক ছাত্রাবাসের এক ছাত্রের ঘরে লুকিয়ে

পড়েন। তারপর ক্যামেরা থেকে বাঁচতে সেই জাঁদরেল সরকারী স্যারকে দেখা যায় উঁচু কাঁটা তার লাগানো পাঁচিলে উঠে কাঁটা তার রুমাল বেধে ছিঁড়ছেন – তারপর অনেক ফুট উচ্চতা থেকে ঝাঁপাতে গিয়ে বাইরে পা মুচকে পড়ে যাচ্ছেন। তারপর অনুজ শুনেছে, সেখানের স্থানীয় মানুষজন অরিজিত বাবুকে উঠিয়ে মুখে, হাতে, পায়ে জল দিয়ে পুলিশ স্টেশনে পৌঁছে দিয়ে এসেছে টোটোয় চাপিয়ে। টিভি, ইউটিউবে সব জায়গায় সে ভিডিও ভাইরাল হয়েছিলো।

আর নকল পি এইচ ডি ওয়ালা সেই ক্রিমিনাল স্যারকে যেদিন পুলিশ ধরে নিয়ে গেল, সেদিন সেই অত্যাচারিত বাচ্ছা গুলোর আনন্দ ছিল দেখার মতো! সেই পি এইচ ডি ওয়ালা স্যারকে নাকি কোর্ট তার সারা জীবনে কামানো সব অর্থ ফেরত দিতে বলেছেন। ওনার পি এইচ ডি ছিলো জাল। খবরের কাগজে নিত্যই তাদের স্কুলের নাম আসে, মাধ্যমিক বা উচ্চমাধ্যমিকে ভালো ফলের জন্য নয়! নকল শিক্ষক গ্রেফতারের খবরে!

এক ছিল নাকু স্যার, তাঁর আসল নাম ছাত্ররা জানত না। তিনি কথা বলতেন কম, নাকে আঙুল দিতেন বেশী। সেই স্যার ক্লাস ফাইভে অঙ্ক করাতে এলে কেউ যদি কোনোদিন বোর্ডে অঙ্ক করাতে বলতো, তিনি মারতেন। সেই স্যারকে পরীক্ষা নিরীক্ষা করে জানা গেলো তিনিও ভুয়ো শিক্ষক, ক্লাস এইট পাশ করে দিল্লি চলে যান। সেখানে প্রাইভেট স্কুলে লক্ষ লক্ষ টাকা দিয়ে

স্কুলের গণ্ডি শুধু পারই করেননি, লাখ বিশেক টাকার বিনিময়ে চাকরিটাও বাগিয়েছিলেন। অনুকূল স্যার, অধিকারী স্যার, ব্যানার্জি ম্যাডাম - সব্বাই একে একে জেলে গেলেন, তাঁদের চাকরী গেল।

স্কুলে অনেক বেতন পাওয়া সরকারী চাকুরে কিছু কিছু টিচারদের ক্লাসে বসে ঘুমতে দেখার দিন গুলো হঠাৎ যেন উধাও হয়ে গেল! অনেক নেতা মন্ত্রীরা গ্রেফতার হল এবং যেসব শিক্ষকরা বাস্তবেই প্রস্তুতি নিয়ে পরীক্ষা দিয়েছিলেন, সেরকম হাজার হাজার শিক্ষকদেরও জাল শিক্ষকদের সাথে চাকরী যেতে লাগলো। তাদের চলতে লাগলো আদালতে মামলা, রাস্তায় বসে বছরের পর বছর প্রতিবাদ জানানো। অনশন, মৃত্যু, আত্মহত্যা বেড়েই চলল।

রাজ্যপাল রাষ্ট্রপতিকে জানালেন, এই রাজ্যে চূড়ান্ত দুর্নীতি চলছে। একেবারে নিম্নমানের অসামাজিকতা চলছে। কেন্দ্রীয় সরকার এই চূড়ান্ত অরাজকতা দেখে তিনশো' ছাপ্পান্ন ধারায় রাষ্ট্রপতি শাসন জারী করলেন। তিনি একটি বিশেষ সমিক্ষক দল গঠন করে পাঠালেন দিল্লি থেকে। তাঁরা ওদের রাজ্যে সমস্ত সরকারী স্কুল গুলো মাত্র এক মাসের কম সময়ে পরিদর্শন শেষ করলেন। রাষ্ট্রপতি জানালেন, যতদিন না সব মামলা শেষ হচ্ছে, সব ভুয়োদের বেড় করে ন্যায্য চাকরী প্রাপকদের চাকরী দেওয়া হচ্ছে, এবং ফের দফায় দফায় পরীক্ষা আয়োজন করে ন্যায্য

ভাবে নিয়োগ হচ্ছে, ততদিন, অনির্দিষ্ট কালের জন্য সব স্কুল গুলো চলবে অনলাইনে। সাময়ীক চুক্তিতে বহু ন্যায্য শিক্ষক নিয়োগ হয়ে গেলো এক মাসের মধ্যে, গ্রেফতার হওয়া জালিয়াতদের শূন্য স্থানে।

ওদের রাজ্যে স্কুল, কলেজ ও দফতর বন্ধ করে অনলাইনে কাজ চালানোর নির্দেশ দিলেন। জারি করা হল রাস্ট্রপতি শাষণ।

এই অনলাইনের রাজত্বে খেলাটা গেল বদলে! দশ জনের মধ্যে প্রায় তিন-চারজন শিক্ষক রিতিমত ক্লাস নিতে থাকলেন! ক্লাস নেওয়া বলতে কেউ হয়ত শুধু কয়েকটা প্রশ্ন লিখে পাঠালেন (শুধু প্রশ্ন, সেগুলোর উত্তর কেউ লিখল কি না, তা নিয়ে কারুর মাথা ব্যথা ছিলও না, হলও না। উত্তর এক্সক্লুসিভলি টিউশন ব্যাচে লেখানো হয়।), কোন শিক্ষক হয়ত কয়েকটা অঙ্ক সত্যিই অনলাইন ক্লাস করে হাতে কলমে করে দেখালেন! ভালো ছেলেরা যারা প্রথম বেঞ্চে বসত, তারা ক্লাসে একদমই ভালো পারফরম্যান্স দিতে আর পারে না। তারাও যা হোমওয়ার্ক করে, অনুজের মতো মধ্যবিত্তরা (থার্ড বেঞ্চ ও ফিফ্‌থ বেঞ্চ) এবং নিম্ন বিত্তরা (লাস্ট বেঞ্চ ও সেভেন্থ বেঞ্চ) সেই একই হোম ওয়ার্ক করে। কখনো টিচাররা অনলাইন ক্লাসে আবার ছাত্রদের (শুধু তাদের নিজেদের ব্যাচের ছাত্রদের নয়!) কোন জিজ্ঞাস্য থাকলে সেসবের উত্তরও দিচ্ছেন আজকাল!

তবে বহু ছাত্রদের পক্ষে ক্লাস করাটাই একটা চ্যালেঞ্জ হয়ে দাঁড়িয়েছে। কারুর বাড়িতে ইন্টারনেট নেই, কারুর নেই স্মার্ট ফোন! এ যেন কোভিড কালের পুনরাবৃত্তি! কিন্তু অনুজের বাড়িতে সেসবের সমস্যা হয় না। অনুজ যখনই অবরে সবরে কোন টিচার অনলাইন ক্লাস নেন, খুব মনোযোগের সাথে ক্লাস করতে থাকে। জেঠুর বানিয়ে দেওয়া টাইম টেবল্ মেনে পড়াশুনা করে। সব বদলে গেল তার জীবনে এই অনলাইনের সময়ে!

অনুজ এখন হিসেব মতো হয়ে উঠেছে 'প্রায় ভালো ছেলে' (উচ্চ মধ্যবিত্ত সেকেন্ড বেঞ্চের ক্লাস ডিভিশনের ব্যাপারটাই আর অনলাইনের বাজারে চলছে না।)! সম্বিত, সঙ্কেত, সাগ্নিক, দিপ্তময়, সম্রাট এবং সায়ন্তনরা আর আসে না ভারি বুটের লাথিতে প্রতিটা দিন জর্জরিত করে তুলতে, বৃষ্টির জলে গলা টিপে মাথা চুবিয়ে খুন করার চেষ্টা করতে, কৌস্তভ পণ্ডিত আর আসে না ঘুষি, লাথি মারতে মারতে সারা স্কুল চত্বরময় তারা করে বেড়াতে, সৌরভ, অরিন চ্যাটার্জীদের অহংকারী ব্যঙ্গ তামাশা রইল পড়ে পেছনে। অন্যান্য বাচ্ছাদের মা বাবারা তাঁদের প্রিয় সন্তানদের নিজে হাতে সুচারু চোর করে তুলতে লাগলেন – বই খুলে বসে অনলাইনে পরীক্ষা দিতে শেখালেন। অনুজের সেসব শেখা হল না।

এই ক্লাসে একজন নতুন ইংরাজির শিক্ষককে পেয়েছে অনুজরা – সায়ন্তন বাবু।   তিনি খুবই নিখুঁত ভাবে অনলাইনেই ক্লাস

নিয়েছেন। জীবন বিজ্ঞানের যে স্যার এই ক্লাসে ওদের পড়িয়েছেন, তিনিও অত্যন্ত পরিশ্রম করে অনলাইন ক্লাসে নোটস দিয়েছেন এবং সুন্দর ভাবে বুঝিয়েছেন সম্পূর্ণ সিলেবাস। আগেই বলা হয়েছে, ছবিটা অনেক বদলে গেছে অনলাইন শিক্ষা ব্যবস্থায়।

অনুজ আর আসে না বাবার কাছে অভিযোগ করতে। তার মা, বাবা, জেঠু, জেঠিমা কোনদিন তার স্কুলে গিয়ে রুখে দাঁড়ায়নি, আর সে বুঝেছে, তাকে নিজের সাহায্য নিজেকেই করতে হবে। বাইরে সেদিন বৃষ্টি পড়ছে, তাদের অনলাইন পরীক্ষা চলছে। আগের ক্লাসে রাজ্য সরকার পরীক্ষাই বাতিল করে দেয়! তাই এই ক্লাসে সান্নিক, সায়ন্তনেরাও তার সাথে দিব্যি পরীক্ষা না দিয়েই উঠে এসেছে! ক্লাস সেভেনের বার্ষিক পরীক্ষা। সেদিন শেষ পরীক্ষা।

অনুজ বৃষ্টি ভালোবাসে। মনে যেন একটা ময়ূর পেখম মেলে নাচতে শুরু করে বৃষ্টি দেখলেই! ভালোবেসে বেশ ক'য়েকটা সাবজেক্টের প্রস্তুতি নিয়েছে সে। কেউ পেছন থেকে কোমরে বুট পড়া পায়ে লাথি মারছে না – পাশ থেকে শুভ "তিনের দাগেরটা দেখা নাহলে রিমার কেসটা সবাইকে লাগিয়ে দেব!" বলে ভয় দেখাচ্ছে না... সৌরভ গাঙ্গুলীর দাম্ভিক ঠাট্টাও ভেসে আসছে না তার কানে। মা চুপি চুপি এসে এক কাপ হেলথ-ড্রিঙ্ক দিয়ে চলে গেলেন। অনুজ কোন দিকে তাকালো না। মনের সুখে লিখে চললো।

শেষ পরীক্ষাটা ছিলো ফরাসি ভাষার। একজন প্রাইভেট টিউটরের কাছে পড়ে অনুজ ভালো ভাবেই প্রস্তুতি নিয়েছিলো। কীজানি কেন, অনুজ ফরাসি ভাষাটাকে খুব ভালোবেসে ফেলেছিলো। সেদিন বৃষ্টি পড়ছিলো। ওদের বইয়ের সামনে উৎসর্গ পৃষ্ঠায় Verlaine-এর একটা কবিতা দেওয়া আছে, তার খুবই প্রিয়, যেটার শুরুটা খানিকটা এরকম :

Il pleure dans mon cœur

Comme il pleut sur la ville;

Quelle est cette langueur

Qui pénètre mon cœur?

Ô bruit doux de la pluie

Par terre et sur les toits!

Pour un cœur qui s'ennuie

Ô le bruit de la pluie!...

যার বাংলা অর্থ হল :

"আমার হৃদয়ে অশ্রু ক্ষরণ হয়

ঠিক যেমন শহরে বৃষ্টি ঝরে;

এ কোন অসাড়তা, আমার হৃদয়ে

বিদীর্ণ করে ঢুকে পড়ে?

কী অপূর্ব বৃষ্টির রিমঝিম

মাটির ওপরে, বাড়ির ছাদে!

অবসন্ন এক হৃদয়ে,

কী অপূর্ব বৃষ্টির রিমঝিম!"

[*এটি ফরাসি কবিতাটির একটি অংশের ভাবার্থ মাত্র, ভাষান্তরের ধৃষ্টতা করি না।]

পরীক্ষা শেষ হওয়ার পর নিয়ম মেনে উত্তর পত্র জমা দিতে গিয়ে অনুজ বুঝলো, ইন্টারনেট নেই! হাতে মাত্র পাঁচ মিনিট আছে... দৌড়ে গিয়ে পাশের ঘর থেকে মায়ের ফোনটা নিয়ে এলো, হটস্পট অন করে কোন ক্রমে উত্তর পত্র জমা দিলো।

স্ক্রিনে ভেসে উঠলো, "আনসার শিট সাকসেসফুলি সাবমিটেড" – অনুজ হাঁফ ছেড়ে বাঁচলো। সেদিনের পরীক্ষা শেষ হলো। দুপুর বেলা অনুজ একটা কবিতা লিখলো – ফরাসিতে!

শুভ, সম্বিত, সৌরভ – এরাও ফরাসি নিয়েছে ক্লাস সেভেনে – ওদের শহরে ফরাসি ভাষার অনেক ইতিহাস লুকিয়ে আছে যেগুলো ভাঙ্গাচোরা শহরের বুকে পুষ্টির অভাবে হাঁসফাঁস করে চলে আজও। এই শহরে ভাষাটা কোন মতে টিকে আছে মোমবাতির ক্ষীণ আলোর মতো।

এক মাসের মাথায় ফলাফলের দিন এলো! চমৎকার স্কোর হয়েছে অনুজের! অঙ্কের স্যার বললেন, "অঙ্কে এত কম নাম্বার পেয়েও ফার্স্ট হতে আজ অবধি কাউকে দেখিনি! ক্লাস এইট এ সেকশনে অনুজ হবে মনিটর।" শুভ, সম্বিত, সঙ্কেত, এরা সকলেই বই খুলে বসেও ভালো স্কোর করতে পারেনি, কারণ, তারা মূলত যৌথ প্রচেষ্টায় বহু আলচনা করে তবেই ভালো মার্ক্স পেতো। সব ছবিটাই কেমন বদলে গেছে! বরং যে সব ছেলে গুলো স্কুল বাঙ্ক করে নেশা করতে যেতো, আর অসৎ সঙ্গে পরে নানা রকম বদ অভ্যাসে ডুবে থাকতো, তাদের মধ্যে বেশির ভাগেই পরিশ্রম করে পড়াশুনা করতে শুরু করে দেয়।

অনুজ ফার্স্ট হয়েছে! জেঠিমা, জেঠু, মা, বাবা, সবাই খুব খুশি! ওদের স্কুলের ফরাসির স্যার প্রমিস করেছিলেন, এবারে যে ছাত্র ফরাসি ভাষায় সর্বোচ্চ স্কোর করতে পারবে, তাকে তিনি পাঁচ পাঁচ টা ফরাসি বই উপহার দেবেন, যেগুলো তিনি তাঁর ফরাসি বন্ধুদের থেকে সংগ্রহ করেন প্রতি বছর। ক্লাস ভালো না নিলেও প্রশ্ন পত্র উনি খুব ভালো ভাবে বানান এবং খুব উৎসাহের সাথে উত্তর পত্রও দেখেন! তিনি স্বয়ং অনুজের সাথে স্কুলে এসে দেখাও করে গেছেন এবং কথা মতো বইগুলো উপহারও দিয়ে গেছেন। অনুজ যখন প্রথম ফরাসি ভাষা নিতে চেয়ে আবেদন পত্র জমা দিতে যায়, এই তিনিই অন্যান্য শিক্ষকদের সামনে

বসে বসে বলেছিলেন নাকের ওপর চশমা ঝুলিয়ে, "ফ্রেঞ্চ পড়ে কী হব্যা? নিস না, নিস না... সংস্কৃত পড়, কাজে দেবে।"

স্কুল থেকে একদিন শংসাপত্র এবং মেডেল দেওয়া হল বার্ষিক পুরস্কার বিতরণী অনুষ্ঠানে, আয়োজিত হয়েছিল সামনেরই একটি প্রেক্ষাগৃহে। অনুজ গিয়ে দেখে স্কুলের অনেক শিক্ষকই গ্রেফতার হয়ে গেছে! সমগ্র চারটে সেকশনের মধ্যে প্রথম স্থান পেয়েছে বলে স্মারক, শংসাপত্র, অনেক গুলো বই এবং একটা মেডেল পেল। খুব হাত তালি দিলেন আর প্রশংসা করলেন অনেক জন শিক্ষক-শিক্ষিকা এবং সব দর্শক। প্রধান শিক্ষক অনুজের প্রশংসা করে বললেন, "অনুজ অনলাইন ক্লাসে প্রত্যেকটা সাবজেক্টে অত্যন্ত পারদর্শিতার সাথে অংশগ্রহণ করেছে। নিয়মিত হোমওয়ার্ক জমা দেওয়া ছারাও, প্রত্যেকটা ক্লাস টেস্টে অসাধারণ কৃতিত্ব দেখিয়েছে। আমরা সকল শিক্ষক শিক্ষিকা তোমার মতো ছাত্রদের জন্য সত্যিই গর্বিত।" অনুজের ক্লাসের অনেকেই হাত তালি না দিলেও সমগ্র হল ঘর জুরে হাত তালির আওয়াজ যেন অনুজের উৎপীড়িত ও লক্ষ্যে অবিচল সত্বাকে উদ্দীপিত করে তুলল। এই দিনের পর থেকে আর যতদিন পড়াশোনা করেছে অনুজ, পি এচ ডি এর আগে অবধি কোন দিন আর প্রথম ছাড়া দ্বিতীয় হয়নি!

শুভ, সম্বিত, সঙ্কেত, অন্যান্য ভালো এবং আধভালো ছেলেরা অনুজের মতো থার্ড বেঞ্চের দুর্বল একটা ছেলের (যদিও অনুজকে থার্ড বেঞ্চেও বসতে দিতো না তার বেঞ্চ-মেটসরা,

মের ফেলে দিতো মেঝেতে। গিয়ে বসতে হতো সেভেনথ অথবা লাস্ট বেঞ্চে আরো হিংস্র ও উন্মত্ত প্রাণীদের সাথে!) সাফল্যে গভীর ভাবে মর্মাহত হয়েছে। চশমার এক পাশ দিয়ে প্রাইজ ডিস্ট্রিবিউশনের ইভেন্ট দেখতে দেখতে সৌরভ গাঙ্গুলীর চোখ ফেটে জল গড়িয়ে পড়ছিলো। প্রথমে ঈর্ষা এবং রাগে একাকার হয়ে গেলেও, একটু একটু লজ্জা বোধ কাজ করছিল। অনুতাপের বয়স যদিও এখনও হয়নি তার।

শিশু সৌরভ বিষয়টা অনুধাবন না করলেও পাঠকরা নিশ্চই বুঝেছেন, এই লজ্জা বোধ আসলে তার দম্ভ চূর্ণ-বিচূর্ণ হয়ে যাওয়ারই বহিঃ প্রকাশ। এই লজ্জাবোধ তার মনে একটু একটু করে অনুজ এবং বাকী সহপাঠীদের প্রতি সহানুভূতির অঙ্কুরোদ্গম ঘটায়।

শুভ তো শিশু। সে নিজেরই বানানো অনুজ আর রিমার মধ্যে কাল্পনিক ভালবাসার কাহিনীটা সময়ের সাথে ভুলেই গেছে। আসলে অনলাইন পরীক্ষায় সে বই দেখে আর মা'কে জিজ্ঞেস করে করেই পরীক্ষা দেয় এখন, আর অনুজদের মতো ছেলেদের ব্ল্যাকমেল করার দরকারও হয় না।

ইংরাজির শিক্ষক সায়ন্তন বাবু তাঁর বক্তব্যে বললেন, "মনে রাখতে হবে, এই ব্ল্যাকমেল আমাদের অজান্তেই অনেক শিশুর শৈশব নষ্ট করে দেয়। এই ক্ষেত্রে ব্ল্যাকমেলের মধ্যে অ্যাটেনশন

সিকিং বুলি বা ইমোশানাল অ্যাবিউজ দেখতে পাওয়া যেতে পারে।

শৈশব থেকেই বহু বহু শিশুরা স্কুলে শারীরিক ও মানসিক অত্যাচারের সম্মুখীন হয়। বয়সে ছোট হলেও মানুষ তো মানুষই। তাদের মধ্যে হিংসা, প্রতিদ্বন্দ্বিতা, অসহিষ্ণুতা ইত্যাদির বিষ বাস্প একবিংশ শতাব্দীতে যথেষ্ট প্রকট। শুধুমাত্র সরকারী বিদ্যালয়ে নয়, প্রাইভেট স্কুল গুলোতেও শিক্ষক-শিক্ষিকারা শিশুদের মধ্যে এগুলো লক্ষ করে থাকেন।

অনলাইন ক্লাসের যুগে দারিদ্র পীড়িত রাজ্যের ঘরে ঘরে ইন্টারনেটের অভাবে, ইলেক্ট্রিসিটির অভাবে পড়াশোনা বন্ধ হয়ে গেছে। অনেক ছাত্রছাত্রীদের পড়াশোনার মান অদ্ভূত ভাবে উন্নতও হয়েছে। আবার পরীক্ষা হবে নাকী হবে না, এই টেনশনেই বহু ছাত্রছাত্রীর সাফল্যের হার বহুগুণে কমেছে।

বহু জনতার মাঝে অপূর্ব একা – এই অনুজরা, যারা নিজে পরিশ্রম করে পড়াশোনা করে বড়ো হয়েছে, তারা অনলাইন মাধ্যমের ফাঁক-ফোকরকে কাজে লাগিয়ে, অনৈতিকতার আশ্রয় নেয়নি। বরং বিরূপ অবস্থাকে সুবর্ণ সুযোগে রূপান্তরিত করেছে। এবং বদলে দিয়েছে ক্লাসের ছবি! তাদের মতো কৃতি ও মেধাবী ছাত্রদের জানাই আমার ভালোবাসা আর অনেক শুভেচ্ছা!"

কেটে গেছে অনেক বছর।

ছোটবেলার স্কুলের প্রধান শিক্ষকের এবং সায়ন্তন বাবুর কথাগুলো ইউটিউবে শুনতে শুনতে ডঃ সৌরভ গাঙ্গুলির হৃদয়ে অশ্রু ক্ষরণ হচ্ছিলো! টেবিলে রাখা হিউম্যান স্কালের মডেলটা যেন দাঁত বের করে হাসছিলো। ঠিক তখনই বহুতল হাসপাতালের কাচের জানলার বাইরে নিরবতা ভেঙে বৃষ্টি নামলো। শহরের বৃষ্টি। বর্ষার শেষ বৃষ্টি।

05-07-2021

কাঁচকলা

এক যে ছিল ক'য় আ-কার,

মাথার ওপর চাঁদ,

জানতে চাইলে কাঁ বলে দেয়,

"ওটাই এখন ছাঁদ!"

তার পাশে বসে আছে চ,

খুবই চুপচাপ;

চ'য়ের চিন্তা বহু,

হাতে চায়ের কাপ।

ক'য়ের হয়নি ঘুম,

মাথা যায় নুয়ে,

ঢুলতে ঢুলতে শেষে

পড়ল শুয়ে।

সারাদিন লাফালাফি,

ছটফটে লা,

কাঁ, চ, ক, লা মিলে

হয় কাঁচকলা!

02-08-2020

নীলরতনের আশা

ছোট ছেলে সবার প্রিয়

নামটি নীলরতন,

চোখ বুজে মেঝের উপর

শুয়ে অচেতন।

গ্রামের সবাই রয়েছে ঘিরে,

ওঝা হয়েছে ডাকা,

বলে সবাই, "ভূতে ধরেছে!

যায় না এ আর দেখা!"

ওঝা এসে তন্ত্র মন্ত্র,

করল অনেক রঙ্গ,

ভুষো কালী মাখিয়ে দিল,

নাচল সাঙ্গপাঙ্গ!

কথা বলে না নীলরতন,

বাবা অধীর হলেন,

স্থির করলেন, তাকে নিয়ে

হাসপাতালেই যাবেন।

রাজী হলেন ক'য়েক জন আর

নারাজ বাকী সবাই,

ওঝা নিজেও বাধা দিলেন –

বাক-বিতণ্ডা লড়াই।

"রাজু, বিশে - তোল্‌ নীলুকে,
ঠেলা গাড়ি টানব,
হাসপাতালে আধ ঘণ্টায়
পৌঁছে ঠিকই যাব!"

নীলরতনের বাবার সাথে
চলল আরও দু'জন,
ভাগাভাগি করে তারা
পা চালাল দারুণ!

খালি পায়ে মা' চলেছেন
সবার পাশে পাশে,
চিন্তা-ভয়ে চলল সবাই
ঠেলা টেনে কষে!

হাসপাতালে পৌঁছে সবাই
হল না নিশ্চিন্ত,

অনেক রোগী বোঝাই বাড়ি,

হয়রানি অনন্ত!

ততক্ষনে নীলরতনের

সাপে কাটা পা

নীল হয়ে ফুলে উঠেছে –

কেঁদে আকুল মা!

শুয়ে আছে খালি মেঝেয়

জায়গা হয়নি বেডে;

পরীক্ষা করে ডাক্তারবাবু :

"আশা দেখি না মোটে!

অনেক দেরী করে ফেলেছেন,

চলেই যেত প্রাণ।"

সত্বর হল চিকিৎসা শুরু,

চলল চেষ্টা আপ্রাণ।

পরের রাতে ফিরল সবাই

সাথে সুস্থ নীলরতন,

ভূত-টুত নয় সাপের কামড় –

বুঝল সবাই তখন।

চোখ খুলল গ্রামের লোকের,

"চল্ তো, পুলিশ ডাকি!

বেরিয়ে যাবে মারের ঠেলায়

ওঝার বুজরুকি!"

মায়ের সাথে, বাবার সাথে

নীলরতন আজ খুশি,

ডাক্তার হয়ে একদিন সে,

ফেরাবে গ্রামের হাসি।

26-07-2020

পাতাল ঘরে ভেলকি

এক

ওরা তিন বন্ধু। সবাইই চতুর্থ শ্রেণীতে পড়ে। মৌ, প্রতীক, সৌম্য। গরমের ছুটি। বাড়িতে যখন বড়োরা গরমে হাসফাস করছে, তখন ছোটদের আনন্দের সীমা নেই। ওরা তিন জনেই বই পড়তে খুব ভালোবাসে। আর ভালবাসে খেলতে। খেলা বলতে তাদের খুব অন্য রকম কিছু বিষয় আছে, যেগুলো আজকের শিশুদের খুব একটা করতে দেখা যায় না। মৌয়ের বাবা পুলিশ ইন্সপেক্টর। তাঁর বাড়িতে বইয়ের সম্ভার। সেই বইগুলোর লিস্ট বানানো, আর বইগুলো রোদে দেওয়া, যত্ন করে সেগুলো ফের শেল্ফে এনে সাজিয়ে রাখা – এসবই ওরা করতে ভালবাসে। আবার সৌম্যর মা একজন পরিচিত গায়িকা। সৌম্যর বাড়িতে ওরা যখন জড়ো হয়, তখন ওরা তিনজনে গান বাজনা করে। ওদের বাড়িতে বাদ্যযন্ত্রের অভাব হয় না। আর প্রতীকের বাড়িতে সবাই শিক্ষক, শিক্ষিকা। তাই ওদের বাড়িতে গেলে তিন বন্ধু লাইব্রেরী সাজিয়ে খেলেই, আবার বাগানও করে।

তবে ওরা পাড়ার মাঠে ক্রিকেট ফুটবল খেলতে যায় না বলে বারোয়ারির লোকেরা রাগ করে। তারা এসে ওদের মা-বাবাদের

বলে, "ছেলেকে মাঠে পাঠাও। মাঠে না খেলতে দিলে বড়ো হবে না ছেলে।" মৌয়ের বাবা-মাকে এটা যদিও পোহাতে হয় না! তবে এদের তিনজনের বাড়ির ওপরে রাগের কারণ হল, এরা সবাইই স্বেচ্ছাচারী বারোয়ারি গুলোকে বড়োদের পুতুল খেলার জন্য হাজার হাজার টাকার তোলা দিতে প্রত্যাখ্যান করে। এরা জেদ করে গরীবের বাচ্ছাদের পড়াশোনার পিছনে, আর সর্বহারাদের জীবনধারণের পিছনে উদার হস্তে দান ধ্যান করে থাকে। তোলা না পাওয়ার অভিমান থাকলেও পাড়ার লোকেরা ওদের খুবই ভালোও বাসে!

এক রবিবারে ওদের তিনজনেরই নেমন্তন্ন সৌম্যর বাড়িতে। অনেক পুরনো বাড়ি। ওরা একই পাড়ায় থাকে বলে সকালেই প্রতীক আর মৌকে তাদের বাবারা দিয়ে গেছেন সৌম্যদের বাড়িতে। খাওয়া দাওয়া হলো – পছন্দের মাংস, ফ্রায়েড রাইস, মাছ, সুগন্ধী চাটনি, পাঁপড় ইত্যাদি সহযোগে। তারপর ওরা তিনজন সৌম্যদের গানবাজনার ঘরে বেশ কিছুক্ষণ গান বাজনা করার পর, কখন প্রধান দরজা খুলে রাস্তায় বেড়িয়ে পড়েছে, কেউ জানতে পারেনি! কাছেই একটা বেওয়ারিশ ঝোপ। সেখানে একটা অংশ বেশ পরিস্কার করা আছে। ওরা ওখানে ঢুকে পড়ে। অ্যাডভেঞ্চারের বইতে সব সময় একদল ছোটরা এরকমই এক বাগানের সন্ধান পায়! তারপর সেখানে খুঁজে পায় ডাকাতদের আস্তানা! যদিও ওরা এরকম একটা বাগানের সন্ধান অনেকবারই করেছে আগেও বাড়ি থেকে পালিয়ে। পায়নি। আজ

ওদের স্বপ্ন পূরণের দিন। কাছেই প্রতীকের বাড়ি। ওদের বাড়িতেই বাগানের যাবতীয় সরঞ্জাম থাকে। তিনটে কোদাল তারা লুকিয়ে নিয়ে চলে আসে সেই স্বপ্নের বাগানে। তারপর চলতে থাকে খনন কার্য। ছোটরা বড়োদের থেকে অনেক বেশি শক্তিশালী হয়। পয়সার চিন্তা না থাকায় ওদের সময়েরও চিন্তা থাকে না। তবে সৌম্যর বাড়িতে জানাজানি হওয়ার আগে ফিরতে হবে।

দু'ঘণ্টা পর তিনজনে ফিরে আসে। এভাবে প্রত্যেক দিন ওরা দু'ঘণ্টার জন্য উধাও হয়ে যায় এবং ফিরে আসে বাড়ির সবাইয়ের ভাত ঘুম শেষ হওয়ার আগে। এক সপ্তাহের মধ্যে ওরা বড়ো একটা গর্ত খুঁড়ে ফেলে সেই স্বপ্নোদ্যানে। কিছু চারা গাছ লাগিয়ে ফেলে গর্তের চারপাশে। এরই মাঝে পাপ্পু দাদার সাথে যোগাযোগ হয়েছে। পাপ্পু ওদের স্কুলেই পড়ে, অষ্টম

শ্রেণীতে। তার বাবা রাজ মিস্ত্রি। পাপ্পুর গায়ে ভীষণ জোর। তার বাড়ি থেকে সিমেন্ট বালি নিয়ে এসে পাপ্পু তিন দিনে বাঁধিয়ে ফেলে মাটির সেই গর্ত। সেখানে না হলো ইটের গাঁথনি, না হলো কোনো মজবুত ভিত!

একটা পুরনো কাঠের জানলা ছিলো ঝোপের মধ্যেই। পাপ্পু আর তিন বন্ধু মিলে সেই জানলাটিকেই বসিয়ে ফেলল গর্তের মুখে। অ্যালুমিনিয়ামের ফেলে দেওয়া ভাঙা একটা মই দিয়ে তৈরি হলো সিঁড়ি। দেড় সপ্তাহের মধ্যে পাতাল ঘর রেডি! একটা সাদা বাল্বও বসেছে ভিতরে। শুধু রোজ সেটা নিয়ে কাউকে বাড়ি থেকে চার্জ দিয়ে আনতে হবে। এও পাপ্পুরই কীর্তি। দেওয়ালে, মেঝেতে আর জানলায় সাদা রঙ হলো। ভিতরে রাখা হলো তিনটে প্লাস্টিকের টুল, আর একটা প্লাস্টিকের র‍্যাক। সেখানে রইলো বই, পুরনো পত্র পত্রিকা। স্মার্ট ফোনের সর্বগ্রাসী সাম্রাজ্যবাদের যুগে বইয়ের প্রতি ভালোবাসা – এক দুর্লভ বিষয়! তিন বন্ধুর গরমের ছুটির দিন গুলো জমে উঠলো।

তিন জনের বাড়িতেই সবাই লক্ষ করেছে, ওরা দুপুর হলেই কোথায় যেন বেড়িয়ে যায়। মাঠে যেতে শুরু করেছে ভেবে সবাই নিশ্চিন্ত হয়ে থাকে। কোনোদিন জানতে চায় না।

ওরা পাতাল ঘরে ঢুকে আরামে বসে বই নিয়ে চর্চা করে। কখনো গান বাজনা করে, কখনো পাতাল ঘরের বাইরেটায় বাগান করে। এভাবেই বেশ কিছুদিন চলছিলো। তবে একদিন

দুপুরে একটা ব্যাপার হলো। ওরা তিনজন পাতাল ঘরের কাছে আসতেই জানলার কাচ দিয়ে দেখতে পেলো একটা কে যেন বসে আছে বিশাল বড়ো একটা বাক্সের ওপর। মৌ খুব দুঃসাহসী। সোজা জানলার পাল্লা খুলে নেমে এলো ওদের পাতাল ঘরে। বাকী দু'জনও নেমে এসেছে ইতোমধ্যেই। মৌ জানতে চাইলো লোকটির পরিচয়।

– "আরে! এই ঘর তোমাদের বুঝি? আমি তোমাদের বন্ধু। এই নাও।" এই বলে সে একটা রুমাল এগিয়ে দেয়।

– "কী নেবো?" মৌ অবাক হয়। লোকটি তখন রুমালটিতে একটা টোকা মারতেই চলে আসে বড়ো বড়ো কতকগুলো চকোলেট।

– "বাবা বলেছে বাইরের কেউ কিছু দিলে না খেতে!"

– "বাবা ঠিকই বলেছেন! খেও না। এই আমি রাখলাম চকোলেট গুলো।" এই বলে রুমালে সব চকোলেট গুলো মুরে ফেলল, তারপরেই রুমালটা খুলে দেখালো – সব চকোলেট গুলো ভ্যানিশ!

– "কোথায় গেলো ওগুলো? তুমি ম্যাজিক জানো?" সৌম্য চমকে যায়! প্রতীক আর মৌ হাত তালি দিয়ে ওঠে।

– "হ্যাঁ! আমি ম্যাজিক জানি!" বলে স্মিত হাস্যে লোকটা সৌম্য- র গাল টিপে দেয়!

ম্যাজিক দেখানো বন্ধু তার নাম জানায়, কিশোর। মাথায় কাঁচা পাকা চুল, বয়স পঞ্চাশ-পঞ্চান্ন হবে। এই কিশোর গান গায় না। ম্যাজিক দেখায়। এর পর থেকে বন্ধু কিশোরের ওটাই হয়ে উঠলো ডেরা। ওখানেই থাকতে লাগলো। এখানেই সে তার বিরাট বড়ো বাক্সের ওপর শুয়ে থাকে সাদা চাদর পেতে। দু'জোরা পাঞ্জাবি আছে তার, নিজেই কাচে পাড়ার কলে। ওদেরও বলে, নিজের কাজ নিজেই করতে। গায়ে সব সময় সুগন্ধী মেখে থাকে। রাতের খাবার কোথাও থেকে এনে খায়। বাচ্ছাদের চকোলেট, পকোড়া, চাউমিন, এগরোল এসব এনে খাওয়ায়। আর এক গাদা ফল এনে রাখে। ওরা গেলেই যে যার পছন্দ মতো ফল নিয়ে খায় রোজ।

এভাবেই কাটতে থাকে তাদের গরমের ছুটির দিন গুলো। বাচ্ছারা নিজে নিজে ভাত, রুটি খেয়ে নেয় বাড়িতে, নিজের জামাকাপড় নিজেরাই কেচে ফেলে। এসব বাড়ির লোকেদের নজরে পড়তে থাকে, তারা তো খুব খুশী! কিন্তু ওরা কিশোর জাদুকরকে কথা দিয়েছে, তাই তার কথা ওরা কাউকে জানায় না।

দুই

একদিন কাল বৈশাখী ঝড় হয়। বন্ধু কিশোর ওদের সাথে গল্প করতে করতে হঠাৎ বলে ওঠে, "যাও, তোমরা আজ একটু গরম গরম পকোরা কিনে নিয়ে এসো। আমি টাকা দিচ্ছি। এই বলে সে সুরুত করে তার বিরাট বাক্সের মধ্যে থেকে একটা নোট বের করে ধরিয়ে দেয় প্রতীকের হাতে। প্রতীক রোজই টাকা নিয়ে হাসি মুখে চলে যায়, আজ হঠাৎ তাকে একটু অন্যরকম লাগলো।

– "কী ভাবছো?" জাদুকর জানতে চায়। প্রতীক কাষ্ঠ হাসি হেসে বলে, "কই, কিছু না তো!"

প্রতীক চলে যায়। জাদুকর বলে, "জানো, আমিও ছোটবেলায় বাজনা বাজাতাম। ভায়োলিন বাজাতাম।"

– "ভায়োলিন বাজাতে? আমার বাড়িতে আছে ভায়োলিন। একদিন আমি নিয়ে আসবো। শুনিও।" সৌম্য বলে।

– "আমি কি আর তোমার মতো পারি? তবে শোনাব। নিশ্চই শোনাবো। তবে জানো, কাল তো আমাকে অনেক দূর দেশে চলে যেতে হবে। কাল আর তোমাদের সাথে দেখা হবে না। আমি ভোর বেলা চলে যাবো সাত সমুদ্দুর পার করে!"

– "সাত সমুদ্দুর তেরো নদী?" মৌ অবাক হয়ে জানতে চায়!

– "হ্যাঁ, গো মৌ! অনে-এ-এ-ক দূরে!"

- "তোমার সাথে দেখা হবে না আর?"

- "পৃথিবীটা তো গোল, ঠিক কোনোদিন দেখা হবে! তোমার কি আর তখন কিশোর জাদুকরের কথা মনে থাকবে?" এই বলে জাদুকর হা হা করে হাসতে থাকে। হাসতে গিয়ে, বিছানার চাদরের নীচে থেকে একটা কালো চকচকে নল বেড়িয়ে আসে। মৌ এই বস্তুটিকে সনাক্ত করতে পারে, চমকে গিয়ে বলে ওঠে, "ওটা কি বন্দুক? হ্যাঁ ওটা তো বন্দুক! তুমি বন্দুক লুকিয়ে রেখেছো?"

মুহূর্তের মধ্যে জাদুকরের রূপ বদলে যায়, বলে, "হ্যাঁ রে বুদ্ধু, এটা বন্দুক। একটাও শব্দ করবি না। অ্যায় ছোকরা, তুই এদিকে আয়!"

সৌম্য আর মৌ ভয়ে পালাতে যায়, দুজনের ঘার ধরে দুষ্কৃতিটা নিজের কাছে এনে বসালো। তারপর একটা দড়ি বের করে দড়ি দিয়ে বাঁধতে শুরু করলো দু'জন শিশুকে। ওরা লাথি ঘুষি চালালো, কিন্তু একজন পূর্ণ বয়স্ক লোকের সাথে পেরে উঠলো না। দুজনের চোখে জল, আর চিৎকার করতে লাগলো। কিন্তু সেই বিশাল ঝোপের মধ্যে থেকে তাদের গলা কেউ শুনতে পাবে না।

- "চ্যাঁচালেই গুলি করবো। একদম চুপ করে বস, নাহলে এখানেই মেরে ফেলে রেখে যাবো, কেউ জানতে পারবে না।"

ওরা তখন আর শব্দ করে না, ভয়ে কাঁপতে থাকে, ছোট ছোট গাল গুলোয় জলের ঝর্না। বাইরে ঝড় বৃষ্টি শুরু হয়ে গেছে। এমনই সময়ে প্রতীক এসে হাজির! সাদা জানলা খুলে বাইরে থেকে চিৎকার করে ওঠে, ‘‘জাদুকর!’’

কিশোর দুষ্কৃতী তখন এক লাফে প্রতীকের দিকে বন্দুক তাগ করে জানলার নিচে চলে আসে, ‘‘তুই নিচে আয়, নাহলে দুটো বাচ্ছাকে এখানে মেরে রেখে আমি চলে যাবো। নেমে আয় শুয়ারের বাচ্ছা!’’

কিশোর জাদুকরের এমন রূপ কোনোদিন দেখতে হবে বাচ্ছারা কোনদিন দুঃস্বপ্নেও ভাবেনি! যাইহোক, ঠিক এই সময়ে কাছেই কোথাও বাজ পড়ার শব্দ, আর মুহূর্তের মধ্যে কোথা থেকে একটা ইন্দ্রের বজ্র এসে শয়তান কিশোরের হাতে পড়লো। এবং আর্তনাদ করে কিশোর বসে পড়ল মেঝেতে। বন্দুকটা হাত থেকে ছিটকে পড়েছে। সেই সুযোগে প্রতীক নিচে ঝাঁপিয়ে পড়ে, এবং বন্দুক টা হাতে নিয়ে পাতাল ঘরের বাইরে ছুঁড়ে দেয়। বাইরে দাঁড়িয়ে ছিল পাপ্পু দাদা। সেই তো ইন্দ্রের বজ্র ছুঁড়ে মেরেছিলো আততায়ীর হাতে। একটা ভারী থান ইট! পাপ্পু পাতাল ঘরে নেমে এসে কিশোরের চোয়ালে লাগায় এক মক্কম ঘুষি! কিশোর রক্তাক্ত মুখে উঠে পাপ্পুর গলা টিপতে যেতেই পাপ্পু হাঁটু দিয়ে সোজা কিশোরের পেটে মারে এক ঘা। দুষ্কৃতীটি

ঘায়েল হয়। কিশোরের মুখ থেকে অশ্রাব্য গালি গালাজে চলতে থাকে!

প্রতীক তার ছোট্ট ছোট্ট হাত দিয়ে তার প্রিয় বন্ধু আর বান্ধবীকে ততক্ষণে বন্ধন মুক্ত করে ফেলে। তারপর দুষ্কৃতিটির পা গুলো ধরে পাপ্পু, আর প্রতীক ধরে হাত গুলো। ধস্তা ধস্তি করে কোনো মতে সৌম্য আর মৌ বেঁধে ফেলে কিশোর শয়তানকে। তারপর ওরা চার শিশু একে অপরের হাতে হাতে তালি দেয়, আর হাঁসে পরম তৃপ্তিতে! একেবারে গল্পের বইয়ের মতো অ্যাডভেঞ্চার! এই না হলে গরমের ছুটি!

আসলে প্রতীক খুব বুদ্ধিমান, সে কিশোরের বিছানার নিচে পকোরা আনতে যাওয়ার আগেই বন্দুকটা দেখে ফেলেছিলো। কিন্তু বড়োদের বললে যদি কেউ বকাবকি করে, সেই ভয়ে সে সোজা ছুটেছিলো পাপ্পু দাদার কাছে। কিন্তু তার অজান্তেই পাপ্পু তার বাবা বিশু মিস্ত্রীকে বেরনোর সময়ে ব্যাপারটা জানিয়ে আসতে ভোলেনি। আর সারা পাড়াতেই বিশু মিস্ত্রী কাজ করেন, সেই সূত্রে মৌয়ের বাবার ফোন নাম্বার তাঁর কাছেই ছিলো, চটপট তিনি ইন্সপেক্টর সাহেবকে ফোন করে জানিয়ে দেন। আর তাই জন্যই তো পাঁচ মিনিটের মধ্যে প্রায় জনা পঞ্চাশেক পুলিশ নিয়ে চলে আসেন ইন্সপেক্টর রায়।

গ্রেফতার হয় জাদুকর কিশোর, ওরফে মন্মথ মিত্র। জানা যায়, আসলে সে ছিলো আইন সভার সদস্য, একজন ঘাঘু মন্ত্রি। চিট

ফান্ডের এক ভণ্ড মালিক, আকাশ বিশ্বাস, বহু গরীব মানুষের বিশ্বাস নিয়ে খেলা করে, এবং আকাশ প্রমাণ টাকা হাতিয়ে দেশ ছেড়ে পালানোর সময়ে এই মন্ত্রীকে বিশ শতাংশ টাকা ধরিয়ে দিয়ে গেছিলো। তার বিনিময়ে এই মন্ত্রী সেই চোরকে দেশ থেকে নিরাপদে পালাতে সাহায্য করেছিলো। সেই থোক টাকা কোথাও রাখার জায়গা না পেয়ে বোকার মতো এই পাতাল ঘরে এসে লুকিয়ে থেকেছে প্রায় এক মাসের কাছাকাছি! কেউ ভাবতেও পারেনি, নিতান্ত ভালো মানুষের মুখোশ পরে থাকা মন্মথ-র মনে এমন ময়লা থাকতে পারে।

বাড়িতে একটু আধটু বকুনি খেলেও পুলিশের তরফ থেকে এবং পারার ক্লাবের তরফ থেকে রিতীমত অনুষ্ঠান সহযোগে এই চার

জন শিশুকে সম্মান জানানো হয়। এবং টিভিতে এই চার শিশুর দুঃসাহসিক কর্মকাণ্ডের খবর চলতে থাকে প্রায় দুই মাস ধরে।

রাজ্যের সরকারের তরফ থেকে সেই বেওয়ারিশ জমিটিতে আইনি প্রক্রিয়ায় মিস্ত্রীদের দিয়ে পাতাল ঘরটি পুনঃনির্মাণ করানো হয় আর তুলে দেওয়া হয় এই চার শিশুর হাতে। এই ঘরের চার পাশে তৈরি করা হয় ছোটদের পার্ক, ফোয়ারা, এবং বসার জায়গা। পার্কের নিচে নতুন একটা ছোটদের লাইব্রেরী খোলার কাজও শুরু করা হয়। ওদের পাতাল ঘরে ওদের মা-বাবা আর পরিবারের অন্যান্যরাও মাঝে মাঝেই আসে। আর শহরের নানা প্রান্ত থেকে মানুষ জন পার্কে আসে। ওদের সাথে দেখা করে যায়, উপহার দিয়ে যায়।

ছুটি শেষ হয়ে স্কুল খোলার সময় হয়ে যায়।

15-07-24

নিরুত্তর

কবিতার গোলাপি চাদরে মোরা

একটি গাছ,

অস্তাচলে নিষ্ঠুর সূর্য –

নিবিড় সাঁঝ।

কয়েকটি পালক ইতস্তত

ছড়িয়ে – রাস্তায়, বইয়ে।

গোলাপীর চাদরে বসন্তের ছবি,

পেনসিলে আঁকা দোয়েল

আর একা এক কবি।

কবিতায় মোরা গোলাপি গাছে

বসন্তের ছোঁয়া,

অসীম নিরুদ্দেশে পাখিটি।

আর জীবন – নিরন্তর,

নিরুত্তর।

02.02.2015

সস্তার ডারউইন

আজ চলেছি চার চাকায় চেপে।

লালে লাল মাথা আর কপাল!

হাতে এক রাশ লাল, সাদা, সোনালী শিকল

ঝনঝন ঝনঝন করে দুলছে,

মাথা, গলা, নাক আর কানে

ভারী সোনালী ধাতু –

আমার মনের থেকে অনেক দামী - অনেক!

এসব পরতে চাইনি;

ওরা বলেছে এসব খুব শুভ!

মিতালী বলত ওর সিঁদুর পড়ার খুব শখ!

ওটাই ওর সব চেয়ে বড়ো স্বপ্ন!

ও পালিয়ে বিয়ে করেছিল

এক ক্রিশ্চান ছেলেকে, ভালোবেসে।

সিঁদুর পরা আর হয়নি ওর।

বাইরে বৃষ্টি – সস্তার জলধারা –

সেই সস্তার ছেলেবেলার বৃষ্টি।

গয়না গুলো অনেক দামী –

তাই জন্যই তো মা বেচে দিয়েছে

বাবার কেনা প্রথম গাড়িটা।

মাসি বলেছে – শুভ কার্য!

সবাই গাড়িতে আন্তাকশারি খেলছে!

সবার মুখে হাসি, গল্প,

আমার সস্তার চোখ গুলো দামী গয়না আর

রঙিন অবগুণ্ঠনের আড়ালে

সস্তার জলে টলমল করছে!

ফিজিক্স-কেমিস্ট্র্-বায়োলজির বই,

মোটা মোটা অঙ্কের বই, সাহিত্যের বই,

সার্টিফিকেটস, মেডেল-মেমেন্টো

সবের প্রয়োজনীয়তা ফুরিয়েছে।

ওরা ওসব দেখতে চাইবে না।

শুধু হেঁটে দেখাতে বলেছিল।

ওরা গান পছন্দ করে না।

হারমোনিয়ামটা আর কাজে লাগবে না।

চাকরি পাকা।

বেতন? নাঃ! তা দেবে না।

তবে থাকা খাওয়ার ব্যবস্থা ভালোই,

স্নানের জন্য আছে গিজার,

রান্নার জন্য আছে

মাইক্রো ওয়েভ আভেন।

জুটেছে অনেক তত্ত্ব –

বেশিরভাগই বেবি প্রডাক্টস :

পাওডার, তোয়ালে, বেবি সোপ...

মা দিয়েছে আস্ত একটা খাট!

আমি জানি, আজ থেকে মা শোবে মাটিতে।

ছেলে চাই কিন্তু!

বলে রেখেছেন শ্বশুর-শাশুড়ি

পাকা দেখার পর।

শশুর শাশুরীর বাধ্য বৌমা,

একজন ধনী লোকের লক্ষ্মী বৌ,

আর নতুন এক পরিবারের

অংশ হতেই তো

চলেছি ফুলে মোরা চার চাকায় চেপে।

বিয়েতে ওরা বলিয়ে নিয়েছে

রীতির নাম করে –

আমার নাকি আর কোন সম্পর্ক নেই

মায়ের সাথে!

সুগন্ধিতে ভরে গেছে চলমান গাড়ি।

মা নেই গাড়িতে।

নতুন পরিবার, মা কেন থাকবে!

কেন জানি না

ডারউইনের ছবিটা মনে পড়ছে।

মাস্টার্সের নয়, ক্লাস সেভেনের

সেই নতুন বিজ্ঞান বইয়ের পাতা থেকে!

বাবা বলেছিল আমি নাকি বিজ্ঞানী হবো!

বাবাও আর নেই,

বিজ্ঞানী হওয়াও আর হল না।

অনেক রাত জাগা দিন,

শরীরী টানাপোড়েন...

স্বপ্ন পাখিরা উড়ে গেছে,

আর ফেরেনি।

24.01.2024

বাঁদরামি

- ''বাঁদরগুলো কেমন বসে কলা খাচ্ছে , দেখো!'' আমি বলি।

- ''কোথায়, কোথায়?'' নিতু মামা শুধোয়।

- ''ওই তো, উঠোনে কেমন বসে আছে তার পরিবার নিয়ে, দেখো না!''

- ''ওঃ! এই কোথা! শোন তাহলে, বাঁদরের বাঁদরামি নিয়ে একটা গল্প বলি। '' নিতুমামা যখন গল্প বলার কথা বলে, আমি আর ভুতো দু'জনেই লেজ নাড়িয়ে চুপ করে আরামে বসে উপভোগ করি। আর কথা নয়। নিতু মামা গল্প বলবে।

নিতু মামা তখন সবে পার্ট টাইম পি এইচ ডি করছে। একটা স্কুলে অঙ্কও শেখায় তখন। নিতুমামার ছিলো চোখের সমস্যা। চশমা ছাড়া সে প্রায় অন্ধ ছিলো। তখন নিতুমামা ছিলো বড়ো গরীব। বাবাতুত সম্পত্তি কেউই পায়নি তারা। মানে আমার টোটাল চারটে মামা এক মাসি আর এই আমার মা। আমার দাদু ইংরেজ আমলে বিপ্লবী ছিলো। বুড়োদের কথায় বোমাবাজি করতে গিয়ে পয়সা কামানো হয়নি। তাই আমার মামারা সব শুরু থেকে শুরু করেছে, নিজের পায়ে দাঁড়িয়েছে নিজেদের চেষ্টাতেই। তবে চশমা ছাড়া নিতুমামা তখন নিজের পায়ে দাঁড়াতে পারতো না। রাঁচির বাড়িতে বাঁদরের উপদ্রব। বাড়িতে

ঢুকে মামার অঙ্কের বই নিয়ে চলে গেছিলো এক হনু। আমায় একবার সেই গল্প শুনিয়েছিলো। আমার খুব ভালো লেগেছিলো। এরকম পশু যে অঙ্কের বই নিয়ে পালায়, তার ভগবানের মর্যাদা পাওয়া উচিৎ। আবার হনুমানের দল সেই অঙ্কের বইটাকে নাকী রেখে দিয়ে আসে পাড়ারই এক গোস্বামীর বাড়িতে। বইয়ের ওপর নাম দেখে তারা মামাকে সেটা ফিরিয়ে দিয়ে যায়।

মামা সেদিন অনেক রাত অবধি অঙ্ক করে, একটু দেরীতেই ঘুম থেকে উঠেছিলো। দু-একবার আরমোরা ভেঙে, হাই তুলে, জানলার দিকে হাত বাড়িয়ে বুঝতে পারে চশমা নেই। চশমা হারিয়ে গেছে। মামা চশমা ছাড়া প্রায় দেখতে পায় না বললেই চলে। মামা তখনো ব্যাচেলার। মামা চশমা খুজতে খুজতে বেড়িয়ে পরে রাস্তায়। মামা বুঝেছে, এ নির্ঘাত বাঁদরের বাঁদরামি। ওখানে হনুমান আর বাঁদরের উপদ্রব খুবই। খোলা জানলা দিয়ে হাত ঢুকিয়ে নিশ্চই বাঁদরটা তার চশমা উঠিয়ে নিয়ে চলে গেছে। মামা রাস্তায় বেড়িয়ে খুজতে থাকে বাঁদর। কিন্তু বাঁদর কেন, কিছুই দেখতে পায় না। হাতড়াতে হাতড়াতে ছুটতে থাকে গলির মধ্যে দিয়ে। ঠিক চিনে চিনে গোস্বামীদের বাড়ি পৌঁছে যায়। ওখানেই আগের বার অঙ্কের বই নিয়ে এসেছিলো বীর হনুমানেরা।

গোস্বামীর মা বয়স্কা মানুষ, কানে শোনে না।
– ''আমার চশমাটা দেখেছেন?'' জানতে চায় মামা।

- "দেবু এসেছো? এসো, এসো। বসো। সুবু, দেখ্, দেখ্ কে এসেছে! বাতাসা আর কদমা নিয়ে আয় – টেবিলে আছে।" এলপাথারী আন্দাজে ঢিল মারতে মারতে গোস্বামীর মা তার কল্পনার দেবুর হাত ধরে হ্যাঁচকা টান মেরে ঘরে ঢোকায়। তারপরেই দরজা বন্ধ করে নিজেই ভেতরে ঢুকে যায়। এক থালা তার পছন্দের দেব দেবীদের আস্বাদিত ফলমূল, কদমা, বাতাসা নিয়ে ছুটে চলে আসেন।

- "আমি দেবু নই! আমি নিতু গো! আমি নিত্যানন্দ।"

মামার আকুল আকুতি কানেও যায় না, চোখেও যায় না গোস্বামীর মায়ের। তিনি নিজের তালে বলে চলেন – "সুমনা ভালো আছে তো? কবে ভালো খবর টবর শুনব রে?"

– "আমি কোনো সুমনা টুমনাকে চিনি না। আমার চশমা হারিয়েছে। আমার চশমা দাও।"

– "তোদের ওখানে দুব্বো হয়?"

– "না হয় না! ওঃ!"

– "হ্যাঁ, হ্যাঁ... গঙ্গা জল তো দিয়ে এসেছে কানাই। শুধু দুব্বোটাই বাকী।"

– "তো আমি কী করবো! আমার চশমাটা কোথায় যে গেলো!"

– "ঠিক আছে বাবা, তুইই নাহয় দিয়ে যাস বিকেলে ক'টা দুব্বো।"

– "আমি অঙ্ক শেখাই, দুব্বো ছিঁড়ে বেড়াই না! যত্তসব!"

– "সুমনাকে নিয়ে এলি না কেন? ও দেবু, বাবা তোর কী ভালো বৌ হয়েছে! আমাদের সময়ে গ্র্যাজুয়েট ক'জন হতো? মিতের দোকানে যাবো যাবো করছি, এমন বৃষ্টি, কিছুতেই যাওয়া হচ্ছে না। বিকেলে যখন দুব্বো দিতে আসবি, এক প্যাকেট দুধ আর টা ঘি নিয়ে আসতে পারবি?"

– "আমি নিতু নই!" মামা চিৎকার করে ওঠে! তারপরেই মনে পরে, তার নাম তো নিতু! দেবু তো সে নয়। যাই হোক, কে শোনে কার কথা! কারই বা কী যায় আসে! নিতুই হোক, আর দেবু। গোস্বামীর মায়ের কাছে সবই এক। নিতু মামা তরিঘরি

উঠে পরে। দরজা খুলে বেড়োতে যায়, গোস্বামীর মা নিতুমামার হাত ধরে হ্যাঁচকা টান মেরে ঘরে ঢুকিয়ে আনে।

– "পালাচ্ছিস কোথায় রে ছোকরা! যেই বলেছি দুব্বো দিয়ে যেতে, সঙ্গে সঙ্গে পালাচ্ছিস!"

– "আমি নিতু নই! মানে আমি দেবু নই! আপনার ভুল হচ্ছে কোথাও! আমি নিত্যানন্দ! আমি চশমা খুজছি। চশমাটা সম্ভবত বাঁদরে নিয়ে গেছে ঘর থেকে।"

জোর করে মামা সেই ঘর থেকে বেড়িয়ে আসে। এই দেওয়ালে ওই দেওয়ালে ধাক্কা খেতে খেতে কোন একটা পার্কে এসে বসে – নিজেও বুঝতে পারে না। গাছের নিচে একটা বেঞ্চ, সেটায় গিয়ে বসে। ইতোমধ্যে দু'বার গাড়িতে ধাক্কা খেতে খেতে বেঁচেছে। তারপর কিছুক্ষণ শুয়ে থাকে। নানা জায়গায় ধাক্কা খেতে খেতে মামার হাতে, কপালে, হাঁটুতে কেটে ছড়ে গেছে। আমার এই প্রথম একটু খারাপই লাগে। আহা, কিপটে হতে পারে, তাও মানুষ তো। আর শত হোক, আমারই মামা। হালকা হালকা বৃষ্টি নামে। মামা উঠে বসে দেখে – একী! এ তো এক অভূতপূর্ব দৃশ্য! সারা পার্কে মানুষ নেই – রয়েছে বাঁদর! বাঁদরের বাচ্ছা গুলো পার্কে দোলনায় দোল খাচ্ছে, খেলাধুলা করছে, এ ডাল ও ডাল ধরে হুপ হুপ করে বেড়াচ্ছে। বড়ো বড়ো হনুমানরা কলা খাচ্ছে, বই পড়ছে, কেউ শুধু বসে বসে গল্প করছে! একটা বড়ো হনুমান মামার পাশে এসে বসলো।

হাতে সেই দিনেরই খবরের কাগজ। তাও আবার ইংরাজি কাগজ! ইংরাজিতে খবরের কাগজ পড়ছে হনুমান! ওদেরও স্ট্যাটাসের ব্যাপার আছে নাকী? তাহলে কী ইংরেজ আমলে হনুমানরাও ইংল্যান্ড থেকে এসেছিলো কলোনি গড়তে?

– "আর ইউ বেঙ্গলি?" মামার শুনতে ভুল হয়নি। পাশের হনুমানটা ইংরাজি বলছে যে! মামা হনুমানদের চিনতো লগারিদ্ম-এর অঙ্ক থেকে। আজ মামার মাথায় সেই অঙ্ক গুলো কেমন যেন গুলিয়ে যেতে লাগলো। এই সেই বোকা বাঁদর যারা অঙ্কের বইতে গাছে ওঠে দু' পা, আর পিছলে নেমে যায় এক পা?

– "আর ইউ বেঙ্গলি? হাই! " ফের বলে ওঠে হনু।

– "হ-হাই! ই-ইয়েস! আই অ্যাম। অ্যান্ড ইউ?"

– "আরে আমিও তো বাঙালি, মশাই!" হনুমান বাবাজী বাংলা বলে ওঠে।

– "বাঙালি? কিন্তু ..."

– "হ্যাঁ! বাঙালি মানেই কি মানুষ হতে হবে?"

– "দেখুন না চারপাশে তাকিয়ে, বাঙালি, ইংরেজ, মারাঠি, তামিল, কেরালিয়ান, কাশ্মিরী ...

সারা দেশের বাঁদর আর হনুমান আছে এখানে।"

- "ওহ! তাই বুঝি!" মামার গলা শুকিয়ে যায়। চোখ কচলে দেখে ঠিক দেখছে কি না। হ্যাঁ, ঠিকই দেখছে। হনুমানটা কাগজ পড়তে থাকে। একজন কালো লম্বা বাঁদর "নমস্তে, সাব! চায়ে!" বলে হনুমানটাকে এক ভাঁড় চা দিতে আসে। বৃষ্টি পড়ছে গুঁড়ি গুঁড়ি। তারই নীচে তারা বসে আছে। হনুমানটা মামাকেও চা অফার করে। মামা সসংকোচে ভাঁড়টা হাতে নেয়।

চায়ে চুমুক দিতেই মামা এক নিমেষে শরীরে বল ফিরে পেলো। এক সুদর্শন বাঙ্গালী বাঁদর এসে জানতে চাইলো তার কপালে, হাতে, হাঁটুতে এই চোট কীভাবে লেগেছে। মামা জানালো, সকালে তার চশমাটা হারিয়ে গেছিলো। সেটা খুজতেই মামা বেড়িয়ে ছিলো। বাঁদরটা মামার আঘাতের জায়গা গুলোয় হাত বুলিয়ে দিতেই জাদুর মতো সেগুলো গেলো সেরে! মামার মুখে বিস্ময় মিশ্রিত হাসি ফুটলো।

– "নমস্কার! আপনার নামটা?" বাঁদর জানতে চায়।

– "আমার নাম নিত্যানন্দ। আপনি?"

– "আমি কমল। আপনি আসুন, আমি আপনাকে এগিয়ে দিয়ে আসি।"

মামা উঠে দাঁড়াতেই হঠাৎ পা জড়িয়ে পরে গেলো মামা। জোরে বৃষ্টি আসে। মামা চোখ খুলতেই দেখে – কোথায় পার্ক, কোথায় বাঁদর! মামা তো তার নিজের বাড়ির সামনেই বসে আছে। গায়ের পাঞ্জাবী পাজামা এখনো ভিজে। হাতে ধরা চায়ের ভাঁড়। মামার মাথায় ঢোকে না ঠিক কী ঘটলো। মামা উঠে দাঁড়াতে যায়, দেখে চশমাটা পড়ে আছে পায়ের সামনে। চশমাটা হাতে নিয়ে পরতে যায়, কিন্তু সেই মুহূর্তেই বিস্মিত নিতুমামা উপলব্ধি করে, চশমা ছাড়াই নিতুমামা সব কিছু স্পষ্ট দেখতে পাচ্ছে! একেবারে তরতাজা শিশুদের মতো প্রখর দৃষ্টি ফিরে এসেছে।

– "তারপর থেকে আর কোনোদিন আমাকে চশমা পড়তে হয়নি।" মামা গল্প শেষ করে।

আমি মামার গল্প শুনে বলি : "তোমার হাতের চায়ের ভাঁড়টা?"

– "হ্যাঁ, সেটা সেই হনুমানের অফার করা চায়ের ভাঁড়। আরো অদ্ভুত ব্যাপার, কপালে, আর হাতের সব চোট গুলোও উধাও!"

ঘড়িতে সকাল ন'টার ঘণ্টা বাজে। মুচকী হাসি মুখে মা আমাকে আর মামাকে সাদা সাদা লুচি পরিবেশন করে গেলো। সঙ্গে

আলুর দম। লুচি ছাড়া বাঙালি রবিবার ঠিক জমে না। আমরা সোফায় বসে খোস মেজাজে লুচি উপভোগ করছি, উঠোনের দিকে চোখ চলে যায় – দেখি কলা খাওয়া শেষ করে বাঁদর পরিবার রওনা দিচ্ছে। তাদের দলের সামনে এক বড়ো চেহারার সুদর্শন বাঁদর আমার দিকে তাকিয়ে কেমন মানুষের মতো এক গাল হেসে, মাথা উঁচিয়ে, লেজ দুলিয়ে নিজের পথে চলে গেলো।

28-07-2024

তুমি পারবেই

তুমি যেমন বলো সদাই,

"সময় পাইনি, হয়নি কাজ",

সময় যদি বলতো তোমায়,

"সময় আমার নেই আজ!"

এই না বলে সময় যদি

ফোনটা দিতো কেটে,

তোমার তখন কাটতো সময়

উদয়অস্ত খেটে।

কক্ষনো তাই বলবে না আর

"সময় আমার নেই!" –

দেরি নয় আর, নেমে পড়ো কাজে

সফল তুমি হবেই!

18-07-2024

উড়ছি আমি

খাপছাড়া এক রাশ রঙিন স্বপ্ন

আমাকে ঘিরে ধরে কখনো।

অনন্ত একাকীত্ব ঘুচিয়ে – কখনো

একটানা খোলা চোখে পূর্ণচ্ছেদ টেনে।

রাত জাগা পাখি ইদানিং আমায়

ডাকে না। হাতছানি দেয় না ভিজে

লতানে গাছ, অন্ধকারে জড়োসড়ো।

আজকাল শেষ রাতে খাপছাড়া

স্বপ্নরা হয় সাথী।

দেখলাম সবুজ হলুদ সর্ষে ক্ষেতে

উড়ছি আমি! সর্ষে ফুলের রেণুর মতো!

ছোট্ট দমকা হাওয়ার মতো।

উড়ছি আমি!

চারপাশে রোদ, চোখ ফাটানো,

আকাশটা আসমানি।

আরও কতো স্বপ্ন রঙিন, শিশির ভেজা,

পাগলা, মাতাল – আমার মতোই!

উড়ছে সবাই, ডানা মেলে উড়ছে সবাই!

কারো গায়ে জেল্লাদার, হরেক রকম

চোখ ধাঁধানো, মন মাতানো রঙের খেলা।

কারো গায়ে ঝাপসা কাঁচে বৃষ্টি ফোঁটার রঙ।

তাদের আবার মাথার মধ্যে জ্বলছে আলো,

চোখ ধাঁধানো, মন মাতানো।

দিকে দিকে তাকাই যতই, দেখছি শুধুই ক্ষেত,

অসীম, অশেষ, মাতাল করা – শস্য শ্যামল দেশ।

উড়ছি আমি, চলছে সবাই – হঠাৎ নাকে ঠেকলো কিছু!

মাকড়সার জাল।

বিশ্রী জালে জড়িয়ে গেলাম।

সবাই দেখি চলেই গেলো।

আটকে গেলাম জালের জালে।

ছটফটালাম তিরিং বিরিং – ফরিং যেন!

হাত-পা টেনে নাছোড় হলাম।

হাল ছাড়িনি।

আটকে গেলাম, নাছোড় হলাম,

হাল ছাড়িনি।

শান্ত ভাবে, ঠাণ্ডা মনে মজেই গেলাম –

মুক্তি পেতে।

অনায়াসেই বেড়িয়ে এলাম। মুক্ত হলাম।

মুক্ত হলাম?

কে জানে সে!

দরকার নেই ভাবার অত! উড়েই গেলাম।

উড়ছি আমি – আবার ক্ষেতে,

আবার সেই আসমানি নীল আকাশটাতে

উড়ছি আমি!

23-07-2012

আশা

চাঁদের আলোয় রাতের বেলা

হলুদ গোলাপ ফুলে

এ যে আমার বাবার মুখ –

দেখছি ফুলের দলে!

আঁধার রাতে আকাশ ভরা

তারার মাঝে দেখি

ভেসে ওঠে আমার মায়ের

খুশী ভরা আঁখি।

সারা দিনভর জানলা 'পরে

একটা হলুদ পাখি

বাবা বলে, "পাখির বেশে

তোকেই আমি দেখি।"

মনে পরে হলুদ পাখি

আর ক্লাসরুমের জানলা –

ছবি, গানে, বাদ্যে মোরা

আমার ছেলেবেলা।

চলে গেছে ছেলেবেলার

সোনার স্বপন দিন,

পত্রে মুকুলে ভরেছে লতা

জীবন কুঞ্জে নবিন।

জীবনের পর বইছে জীবন

জীবন সমুদ্রে –

আকাশ হয়ে প্রাণ ভরেছি

মানব স্রোতের মন্দ্রে।

তুমি আমায় রোজই দেখ

আকাশ পানে চেয়ে,

আমি তোমার স্বপ্নে আসি

আশার আলো হয়ে।

12-02-2024

ছবি

প্রত্যুষ ক্যানভাসের সামনে ঠায় বসে আছে প্রায় এক ঘণ্টার কাছাকাছি। মাঝে মাঝে উঠে গিয়ে জানলার কাছে গিয়ে বাইরে তাকিয়ে থাকে, একটা সিগারেট ধরায়, ফের বসে থাকে। বেশ কিছুদিন হল প্রত্যুষ একটা বিশেষ মানসিক অবস্থার মধ্যে দিয়ে যাচ্ছে। এমনি সময়ে ছবি আঁকার ঘরে ঢুকলেই এক রাশ ছবির বুদ্ধি মাথায় এসেই যায়। কিন্তু এই এক সপ্তাহ যাবত আর কিছুই আসছে না মাথায়। একটা সফল বড়ো ছবি আঁকতে গেলে চাই পরিকল্পনা। কিন্তু কিছুতেই মাথায় আসছে না।

প্রত্যুষ আর্টিস্ট হিসেবে আজকের যুগে বেশ সফল। ছবি এঁকেই তার সংসার চলে। কিছু ছবি দূরে শহরে প্রদর্শনীতে যায়, সেখানে যা বিক্রি হয়, সারা বছর মোটামুটি চলে যায় প্রত্যুষ এবং ঈশানির। ঈশানির সাথে আর্ট কলেজে বন্ধুত্ব আর প্রেম। কলেজ শেষ হওয়ার পর, তারা দুজনে অনেক স্পটে গিয়ে plein air ছবি আঁকতো। ঈশানিও ভালো ছবি আঁকে এবং তারা দুজনেই প্রদর্শনী করে। আসলে যে সময়ের কথা বলা হচ্ছে, তখন তাদের রাজ্যে শিক্ষা ব্যবস্থা এবং কর্ম সংস্থান দু'য়েরই চরম দুর্দশা চলছে। প্রতিভাবান মানুষরা পালিয়ে যাচ্ছে রাজ্য ছেড়ে অন্য রাজ্যে অন্ন সংস্থানের আশায়।

ঈশানির শরীরটাও কিছুদিন হল খারাপ যাচ্ছে। প্রত্যূষ একা একা বসে বসে ভাবে, তার পাশে যখন ঈশানি থাকে না, আঁকার ঘরটা যেন কেমন ফাঁকা লাগে। ঈশানীর হাসিতে আর মিষ্টি কথায় ভরে থাকে ঘরটা। ঘরটায় অনেক ছবি রাখা আছে স্বামী-স্ত্রী-র আঁকা। কোরোনা-র যুগে পৃথিবী জুড়ে যে লকডাউন শুরু হয়েছে, তাদের মতো ক্ষুদ্র শিল্পিদের হয়েছে চূড়ান্ত সমস্যা। প্রদর্শনী বন্ধ গত দেড় বছর ধরে। একটা আধটা হয়, সেখানে কেউ দর্শক বা খরিদ্দার আসে না বললেই চলে।

জানলার দিকে তাকিয়ে বসে থাকে প্রত্যূষ। ব্যাঙ্কে অর্থেও অভাব দেখা যেতে শুরু করেছে। সে নিশ্চিত, আর দু-এক মাস এভাবে কাটলে খাদ্যের টানাটানি দেখা যাবে। ঈশানি নিজেই কত ছবিতে মডেল হয়ে বসেছে। প্রত্যূষ তাকে এঁকেছে কত 'শারদ প্রাতে', কত 'মাধবী রাতে'... আর আজ ঈশানির তিনদিন হয়ে গেল, জ্বর কমছে না। তার শরীর খারাপ বিশেষ হয় না বললেই চলে।

প্রত্যূষ চলে আসে ঈশানির ঘরে। ঘুমচ্ছে ঈশানি তার ফুলের পাপড়ির মতো চোখগুলো বুজে। তার মুখ ভরে যে হাসি, আনন্দ আর অসীম উদ্যমের একটা আলো থাকে – আভা থাকে – সেসব যেন কেমন ম্লান হয়ে আছে। অন্ধকার ছায়ার মধ্যে ঈশানি ঘুমিয়ে আছে। আজ দুপুরে ভাতও খায়নি। প্রত্যূষ একাই রান্না করেছে গত তিনদিন যাবত। ঈশানি বিছানা ছেড়ে উঠতে

পারেনি। তবে কোরোনা টেস্ট করাতে গেলেই এখন খরচ! যাদের অর্থের অভাব, তাদের কাছে শিক্ষা, চিকিৎসা, এসব নেহাত তামাশার বিষয়। শিক্ষা, চিকিৎসা, মেডিসিন – এসব শুধুই অর্থবানদের জন্য। তারা জানে, এখন চিকিৎসা করাতে গেলেই বহু অর্থের অপচয় হবে। কিন্তু আজ আর প্রত্যূষ থামতে পাড়লো না। কল করলো তার প্রতিবেশী শ্যামল পালকে; সে ভূগোলে মাস্টার্স করেছে। চাকরী মেলেনি মনের মতো, সব জায়গাতেই অত্যন্ত কম স্যালারি – তাতে তার পরিবারের কিছুই সুরাহা হবে না। তাই রাগে, দুঃখে আর জেদে সে এখন টোটো চালায়।

– কী রে, কী খবর তোদের কর্তা গিন্নির? রাস্তায় বেরোচ্ছিস না কতদিন... কোভিডের ভয়ে নাকী?" বলে শ্যামল।

– "হ্যাঁ কোভিডের ভয়ে দের মাস প্রায় আমরা বাড়ি ছেড়ে বেড়োইনি। তবে আমার একটা ছোট সাহায্য লাগবে। কোভিড টেস্ট করাতে হবে মনে হচ্ছে ঈশানির। দু-তিন দিন হল শরিরটা ঠিক হচ্ছে না।"

– "সে কী রে... দাঁড়া আমি এক্ষুনি ফোন করছি আমার বন্ধুকে, ওদের ক্লিনিকে কোভিড টেস্ট হয়। ও এসে টেস্ট করে চলে যাবে, দু-তিনদিনের মধ্যে রিপোর্ট পেয়ে যাবি। ফোন রাখ। আমি ওকে বলে দিচ্ছি।"

এক ঘণ্টার মধ্যে মাস্ক পরিহিত একজন এসে আর টি পি সি আর স্যাম্পল্ নিয়ে চলে গেল। তাকে বলাই ছিল, অন্যান্য কাস্টমার্স দের থেকে সিধা তেরশ' হাঁকালেও প্রত্যূষের থেকে সাড়ে আটশ' নিল।

বাড়ির সামনে দিয়ে রোজ বাজার ওয়ালা যায়। সেখান থেকেই ওরা কেনে রোজের প্রয়োজনীয় খাদ্য। এভাবেই সারা পাড়াতেই সবাই ফল, শাক সবজি, মাছ, এমনকী মুদীর দোকানের জিনিস পত্রও কেনে। মুদীর দোকানদাররাও মাস্ক পরে, সামান্য জিনিসপত্র নিয়ে ভ্যানে করে রাস্তায় রাস্তায় বেড়িয়ে পরেছে, কারন দোকান আধ বেলা খুলে রাখার আদেশ এসেছে সরকারের দরবার থেকে। তাদের কর্মচারীদের পেট চালানোর পয়সাই ওঠে না ওই সামান্য কিছু ঘণ্টা দোকান খোলা রাখতে গিয়ে। এ যেন যুদ্ধকালীন অবস্থা!

যাইহোক, দের দিনের মাথায় প্রত্যূষ জানতে পারলো, টেস্ট রিপোর্ট পজিটিভ। তখন সে ভেবে কূল কিনারা পায় না, স্ত্রী-কে কীভাবে সারিয়ে তুলবে। হঠাৎ শ্যামল এসে হাজির দরজার বাইরে। জানলা দিয়ে দেখেই প্রত্যূষ বলে ওঠে,

– "রিপোর্ট পজিটিভ রে, এখন আসিস না।"

– "পজিটিভ? আচ্ছা... দাঁড়া, ভয় পাস না, আমি ডঃ মানস ঘোষ-কে কল করছি। উনি গরীব মানুষদের ভগবান।"

– "ভগবান? আমি ওসব ভগবান টগবানের কাছে আমার স্ত্রীয়ের চিকিৎসা করাতে চাই না। দেখছি আমি, যদি হাসপাতালে কিছু ব্যবস্থা করতে পারি... তোর টোটোটা নিয়ে আয়।"

– "আরে ধুর! ভগবান নয় রে, উনি রক্ত-মাংসের মানুষ! উনি আমাদের সবার প্রিয় ডাক্তারবাবু! নাম শুনিসনি নাকী রে! তুই আমায় হোয়াটস্যাপে পাঠা তো, রিপোর্টটা! আমি ডাক্তারবাবুকে ফরওয়ার্ড করে দেব। তুই সাবধানে থাক ভাই। চিন্তা করিস না, বৌদি সেরে যাবে।" শ্যামল এই বলে বিদায় নেয়।

প্রত্যূষ সঙ্গে সঙ্গে তার ফোন থেকে পাঠিয়ে দেয় রিপোর্টটা। কিছুক্ষণ পর শ্যামল ফোন করে জানায়, ডাক্তারবাবু প্রত্যূষের সাথে এবং তার স্ত্রীয়ের সাথে কথা বলতে চান। প্রত্যূষ শ্যামলের থেকে ফোন নাম্বার চেয়ে নিয়ে ফোন করে ডাক্তারবাবুকে। তিনি ঈশানী এবং প্রত্যূষের মুখে সব শুনলেন। তিনি রিপোর্ট আগেই দেখেছেন। তিনি বেশ কিছু ওষুধের নাম বলে দিলেন। প্রত্যূষ সেগুলো লিখে নিল।

শ্যামলকে ওষুধের নাম গুলো লিখে পাঠিয়ে দিলো হোয়াটস্যাপে। শ্যামল এক ঘণ্টার মধ্যে সব ওষুধগুলো কিনে নিয়ে এলো। শ্যামল বাইরে থেকেই ওষুধগুলো প্রত্যূষের হাতে দিয়ে চলে গেল। খামের ওপরে কতগুলো ডোজ দিতে হবে দিনে, সব পরিষ্কার করে লেখা আছে। শ্যামল পয়সা নেয়নি, জানিয়েছে যে, এখন অনেক ওষুধ ইত্যাদি কিনতে হবে। এবং

সে বলেছে, ''বৌদি সেরে গেলে টাকা সুদে আসলে বুঝে নিয়ে যাব!'' শ্যামলটা ছেলেমানুষই রয়ে গেলো।

শ্যামল অনেক ছোট থেকেই প্রত্যুষের বন্ধু, তার বাড়িতে প্রায়ই আসত এবং তার শিল্প সৃষ্টি গুলো দেখে মুগ্ধ হয়ে প্রশংসা করত। এখন ঈশানী বাড়িতে আসার পর থেকে প্রত্যুষ-ঈশানী দু'-জনেরই ছবির মুগ্ধ ভক্ত শ্যামল। দুজনকেই নিজের পরিবারের মতো ভালোবাসে।

রাতে অল্প ভাত-ডাল কোন মতে খেয়ে শুয়ে পরে ঈশানী। ডাক্তার বাবু বলেছেন আলাদা ঘরে থাকতে এবং বাড়িতে মাস্ক পরে ঘর থেকে বেরোতে। তাই ঈশানীর ঘরে আজ ঢোকেনি প্রত্যুষ। ভিডিও কল করে মাঝে মাঝে কথা বলে পাশের ঘরে থাকা স্ত্রীয়ের সাথে।

ছাত্র-ছাত্রীরাও খবরটা পেয়েছে। যদিও এক বছর হল বাড়িতে আঁকা শেখানোও বন্ধ, ফোনে আর হোয়াটস্যাপে তাদের নিয়মিত খোঁজ নেয় সকল বয়সের ছাত্র-ছাত্রীরা।

ডিনারের পর ওষুধ খেয়ে ঈশানী ঘুমিয়েই পরেছিল। রাতে হঠাৎ শ্বাস কষ্ট হয়। প্রত্যুষকে এক বারও ফোন করেনি – প্রত্যুষ ঘরে এলে তারও যদি ভাইরাস লেগে যায়, সেই ভয়ে। কিন্তু পাশের ঘরে এত রাতে দরজা খোলার আওয়াজ পেয়ে প্রত্যুষ ভাবে (তার ঘুমই আসছিল না নানান চিন্তায়।) এত রাতে

ঈশানী দরজা খুলছে কেন! সে সাধারণত রাতে একবার ঘুমতে শুলে সকালের আগে কোথাও নড়াচড়া করে না।

প্রত্যূষ বেড়িয়ে আসে ঘর থেকে। বেড়িয়ে দেখে ঈশানী মেঝেতে অন্ধকারে বসে আছে ঘরের বাইরে কেমন যেন গুটলি পাকিয়ে। প্রত্যূষকে দেখে বলে, "শ্বাস নিতে খুব কষ্ট হচ্ছে, গো!"

তারপর শ্যামলকে কল করা, তার টোটোয় করে হাসপাতালে দ্রুত নিয়ে গিয়ে ভর্তি করানো, সবই করা হল। সারা রাত জেগে প্রত্যূষ আর শ্যামল হাসপাতালে বসে রইল। বসে বসেই ঘুমিয়ে পড়েছিল বেঞ্চে।

সকালে উঠে গায়ে হাতে বেশ ব্যথা হল প্রত্যূষের। বেশ দুর্বল লাগছে। কতদিন ঠিক করে খাবার জোটে না, অর্থের টানাটানি,

তার মাঝে ঈশানীর এরকম কোভিড সংক্রমণ হয়ে গেল! কিছুই ঠিক চলে না যেন জীবনে প্রত্যুষের! অবশ্য এমনই অবস্থা কত কোটি কোটি মানুষের – কত মানুষ চিকিৎসার অভাবে মারা যাচ্ছে, অক্সিজেনের কালো বাজারি, চিকিৎসার সরঞ্জাম এবং মেডিসিনের কালো বাজারির শিকার হচ্ছে, সর্বশান্ত হয়ে যাচ্ছে!

ঈশানীকে অক্সিজেন দিয়ে তিন-চারদিন হাসপাতালে রেখে ডাক্তার বাবুরা ছেড়ে দেন। তাকে ডঃ ঘোষ যা যা মেডিসিন্স দিয়েছেন, সেগুলোই চলবে, আর শুধু কিছু মাল্টি ভিটামিন দেওয়া হল, দু' সপ্তাহ পর ডঃ ঘোষকে জিজ্ঞাসা করে যেন খাওয়ানো হয়, এমনটাই বলে দিলেন হাসপাতালের ডাক্তাররা।

হাসপাতালের টাকাও খানিকটা শ্যামল দিলো, বাকীটা প্রত্যুষ। শ্যামলের প্রতি কৃতজ্ঞতার শেষ রইল না স্বামী-স্ত্রীয়ের। তাদের ভয় হল, যেন এই সবের চক্করে শ্যামলটার শরীর খারাপ না হয়ে যায়! কিন্তু শ্যামলের কিছু না হলেও হল প্রত্যুষের।

ফের একই দৃশ্য বাড়িতে। দু'দিনের জ্বর, খাওয়ায় অরুচী... টেস্ট রেজাল্ট এলো পজিটিভ। ঈশানীর ঘর থেকে বেড়োনো বারণ।

ডঃ ঘোষ সত্যিই এখনকার অর্থ পিপাসু ডাক্তারদের দুনিয়ায় একজন খাঁটি হৃদয়ের মানুষ। প্রত্যুষ তাঁকে ফোন করে, ওষুধ লিখে নেয় নিজের জন্য। ঈশানীকে হাসপাতাল থেকে নিয়ে

আসার পর মনের ভয় ভাবনা কেটে গেছে প্রত্যুষের। কিন্তু কিছুদিনের মধ্যেই তার নিজেরই এমন অবস্থা হল।

একদিন দুপুরে ঈশানী প্রথম বারের জন্য এলো আঁকার ঘরে। দেখল কাপড় দিয়ে ঢাকা রয়েছে বড়ো একটা ক্যানভাস। এ কী! কাপড় সরিয়ে ছবিটা দেখে ঈশানীর চোখের পলক পড়ে না। ছবিতে এক নারি অন্ধকার নীল মায়াবী আলোয় কুঁকড়ে বসে আছে মেঝের ওপর। তার বুঝতে বাকী থাকল না, এটা তারই কিছুদিন আগের কোভিড অবস্থার ছবি। চোখে জল এসে গেল ঈশানীর! এত ভালোবাসে প্রত্যুষ তাকে? যখন খাবার সংস্থান টুকুও হারাতে বসেছে তারা, প্রত্যুষের মাথা কাজ করাই বন্ধ হয়ে গিয়েছিলো যেন! কিন্তু তার মাথা থেকে একটাই ছবি বেড়িয়েছে। এটা তার হৃদয় থেকে উঠে এসেছে যেন! "মাস্টার পিস!" মনে মনে ভাবে ঈশানী (সে নিজেও প্রত্যুষের মতোই একজন পেশাগত ভাবেই শিল্পী।)! ছবিটায় কাপড় চাপা দিয়ে ঘরে চলে যায় সে। পাশের ঘর থেকে প্রত্যুষের কাশীর শব্দ আসে। ঈশানীর শরীর দুর্বল থাকলেও আগের থেকে শরীরটা অনেকটাই সুস্থ। সে দু'বেলা গরম জল বানিয়ে দেয়, আলাদা ঘরে থেকেও ফোনে ওষুধের কথা মনে করিয়ে দেয় এবং কিছুদিন হল নিজেই রান্না করছে দু'জনের জন্য।

ছবিটা দেখার পর তার একটা বুদ্ধি এলো। পাশে একটা ক্যানভাস টেনে নিয়ে সে নিজেও একটা ছবি আঁকতে লাগল।

এই ছবিটায় রয়েছে প্রত্যুষ। খোলা জানলার দিকে তাকিয়ে বসে আছে নিজের ঘরে। সকালের দিকে অর্ধ সমাপ্ত ছবির কাজ ফেলে রেখে ঘুমতে চলে গেল ঈশানী।

এভাবে কিছুদিনের মধ্যেই ছবিটা শেষ হল। ছবি দুটোই সে স্ক্যান করে পাঠিয়ে দিলো বিদেশী একটা ওয়েব সাইটে।

কিছুদিনের মধ্যেই কল এলো, তাদের ছবি দুটো বিক্রি হবে। দুই জন শিল্পী অনুরাগী কিনতে চেয়েছেন বিশ্বের ভিন্ন ভিন্ন প্রান্ত থেকে। যদিও অনেকেই অনুরোধ করেছে, প্রায় আশি খানা অনলাইন অনুরোধের মধ্যে প্রথম দুটো অনুরোধ ওয়েব সাইটে প্রাথমিক ভাবে গ্রাহ্য হয়েছে। খবরটা যখন ঈশানী দিল প্রত্যুষকে, প্রত্যূষ আনন্দে আত্মহারা!

দু'মাসের মধ্যে তারা একটু একটু করে শ্যামলের ক্রমাগত সহায়তায় এবং ডঃ ঘোষের বিনামূল্য চিকিৎসায় (তিনি নিজেই ফোন করতেন রোজ সকালে প্রত্যুষকে! চোরেদের দুনিয়ায় এমন ডাক্তার আর দ্বিতীয়টি দেখা যায় না!) সেরে উঠল।

এই সমগ্র কোয়ারেন্টাইনের সময়ে স্বামী-স্ত্রী মিলে একই সিরিজের আরও কতকগুলো ছবি এঁকে ফেলল। সেই ওয়েব সাইটে ফের সেগুলো পাঠাতেই সব গুলো বিক্রি হয়ে যেতে লাগল। বহু ভক্তদের ভালো ভালো মন্তব্য এবং ভালোবাসা পেয়ে প্রত্যুষ আর ঈশানী নিজেদের একটা ওয়েব সাইট বানিয়ে ফেলল।

এই দুই মাসে তাদের অর্থের অভাব শুধু ঘুচেই যায়নি, জীবন তাদের কঠিন শিক্ষা দিয়েছে। তারা কোভিড পরিস্থিতিতে আশা ছেড়ে অন্ধকার দিন কাটিয়েছে, আজ তারা এই পরিস্থিতিতেই পুণরায় সব কিছু সাজিয়ে জীবনকে আলোকিত করে তুলতে পারলো।

তাদের ওয়েব সাইট শিঘ্রই তাদের দু'জনের আঁকা ছবিতে ভরে উঠল। গুণমুগ্ধ দর্শক এবং খরিদ্দারদের প্রশংসা সোশাল মিডিয়ায় ছড়িয়ে পরল। তারা তাদের কোভিডের নানান মুহূর্তের ছবি অত্যন্ত ভাবঘন ভাবে অয়েল পেন্টের মাধ্যমে ফুটিয়ে তুলতে থাকল। একই ছবির অজস্র প্রিন্টেড কপি ভালো দামে বিক্রি হতে থাকল।

শ্যামল এবং ডাক্তার বাবুকে তারা একটি করে বহুমূল্য অরিজিনাল অয়েল পেন্টিং উপহার দিতে ভোলেনি।

08-07-2021

এই টুকু সময়ে

স্বপ্ন দেখে ভাবলে তুমি

স্বপ্ন নয় এ সত্যি,

শুক্রবারে অফিস এসে

এ কেমন বিপত্তি!

ঘুমিয়ে ছিলে কাজের মাঝে

ভাঙল হঠাৎ ঘুম

তখন বাজে দুপুর দু'টো –

দেখলে ফাঁকা রুম!

ঘড়ি দেখে অবাক তুমি

তাকালে চারপাশে;

গেল কোথায় কর্মী সবাই

এইটুকু অবকাশে?

উঁকি দিলে বসের ঘরে,

সেই বা গেলো কোথায়?

কেউ কোথা নেই ফাঁকা ঘরে

নির্জনে নিরালায়!

ভাবলে তুমি হয়ত ছুটি

হয়ে গেছে আজ জলদি,

সবাই চলে গেছে বাড়ি

চৌবে থেকে বাগচি!

একটা বুদ্ধি এল মাথায়

ফোন লাগালে রাহুলকে।

ফিসফিসিয়ে বলল রাহুল,

"ঘুরতে এসেছি পার্কে!"

বললে তুমি, "ছুটি কখন হল রাহুল?

টের তো পাইনি মোটেই!"

রাহুল বলে "রবিবার তো! ভুলেই গেছ?

বোধ হয় কাজের চাপেই!"

কাজের চাপেই হয়ত তুমি

ভুলেই গেছ সব,

মাথা চুলকে ভাবলে তুমি

বিষয়টা খুব আজব!

শুক্রবারে ঘুমিয়ে ছিলে

আজকে রবিবার,

তোমার মাথায় ঢুকতে চায় না

হলো টা কী তোমার!

আড়াল থেকে বেড়িয়ে রাহুল,

বলে বেজার মুখে,

"বসের প্ল্যানই ছিল এটা

যেও না তুমি রেগে!"

একে একে আড়াল থেকে

সবাই এলো বেড়িয়ে

হো হো হাসির মাঝে তুমি

বোকার মত দাঁড়িয়ে!

ঘুমিয়ে ছিলে যখন তুমি

বসের প্ল্যানে সব্বাই

লুকিয়ে পড়ে নিঃশব্দে

করতে তোমায় "জবাই"!

ব্যাপার খানা বুঝতে পেরে

তুমিও হেসে ফেললে!

ছুটির পরে খোশ মেজাজে

বাড়ির পথে চললে!

25-07-2020

শিহরিত

কবিতা : লেজ়-এফারে ('Les Effarés' - যার অর্থ 'ভিত ও চকিতেরা')

কবি : আর্ত্যুর র‍্যাঁবো

কালো হয়ে তুষারে আর কুয়াশায়,

বড় আগুনের চারপাশটায়,

ঠেসাঠেসি করে আছে

হাঁটু গেড়ে বসে পাঁচ শিশু, দুর্দশাগ্রস্ত!

ওরা দেখে অদূরেই রুটিওলা ব্যস্ত

ভারী সোনালী রুটি গড়ছে...

ওরা দেখছে ফর্সা বলিষ্ঠ হাতে

ডলা ধূসর লেচি ঢুকে যেতে

এক উজ্জ্বল গহ্বরে :

রুটি রাঁধার শব্দ ওরা শুনতে পায়

পুরাতন গান এক রুটিওলা গায়

এক মুখ হাস্য ভরে।

এক জনও নড়ে না, ওরা গতিহত,

গাদাগাদি করে বসে আছে অবিরত,

উরসের মতো তপ্ত লাল আগুনের আঁচে।

আর যখন মধ্যরাত নামে তুষারের বুকে,

সুডৌল, বাসন্তী রঙের একটি চকচকে

সুগঠিত রুটি বের করে আনা হয় নিচে।

যখন সুগন্ধে ভরে ওঠে কড়ি-বর্গার তল

সুরভিত রুটি আর ঝিঙুরের দল

হয়ে ওঠে সুরময়, গীতে সঙ্গিতে,

তপ্ত গহ্বর থেকে প্রাণবায়ু উঠে আসে;

বাইরে চাদর গায়ে শিশুদল হর্ষোচ্ছাসে

আত্মহারা হয়ে ওঠে মেতে।

প্রাণ যেন পায় ফিরে, দেখে এই মাত্র,

রাশি রাশি তুষারে ভরে ওঠে গাত্র,

হতভাগা শিশু গুলো, অতি ক্ষুদ্রকায়,

গোলাপি মুখের সারি গাদাগাদি করে

কলরব করে চলে, লোহার বেড়ার ধারে,

জাফরির ফাঁক দিয়ে ওই দেখা যায়।

কিন্তু কোন গভীরের এক আবেদনে

উঠে আসে ওই আলোকের পানে

মুক্ত আকাশ থেকে,

বিদারিত হয় জীর্ণ অন্তর্বাস ওদের

সাদা চাদর কাঁপতে থাকে শীতের

দমকা হাওয়ার ঝোঁকে...

(অসাধারণ কাব্যিক প্রতিভার অধিকারী কবি মাত্র সাঁইত্রিশ বছর বয়সে কর্কট রোগে তিনি প্রাণ হারান। সিম্বলিজমের কবি আর্তুর র‍্যাঁবোর কবিতায় স্যরিয়্যালিজমের ছাপও ধরা পরে।

'লেজ়-এফারে' দুয়ে-এর খাতার ১৫ টি কবিতার একাদশ কবিতা। ২০শে সেপ্টেম্বর ১৮৭০।)

ভাবানুবাদের প্রচেষ্টা :

প্রজেশ কুমার বসু

19-02-2023

ইন্ট্রোভার্ট

অঙ্কিতা এখন একাদশ শ্রেণীতে পড়ে। অঙ্কিতা কথা বেশি বলে না। কী যেন ভাবে। পড়াশুনাতে সে ভালোই পারদর্শী। কিন্তু কথা বেশি না বলতে পারায় অন্যান্য বান্ধবীরা ওকে নিয়ে ঠাট্টা করে। বিনীতা অত্যন্ত দুর্বিনীত ভাবে অঙ্কিতার চুল ধরে টানে। ঠেলে দেয় সকাল বেলা ক্লাস ঘরে ঢোকার সময়ে। সায়নীর মুখের ভাষা অত্যন্ত খারাপ। ওর বাবা কাউন্সেলর। সায়নী অঙ্কিতার ওড়না ধরে টেনে গলায় জড়িয়ে প্রায়ই ওকে মেরে ফেলার ভয় দেখায়।

অঙ্কিতার মতো অনেক মেয়েই আছে ওদের ক্লাসে, যারা তেমন উঁচু গলায় কথাও বলতে পারে না। তেমন কথাও বলে না। তাদের অনেককেই কইয়ে-বলিয়ে মেয়েরা উত্যক্ত করে মারে। একজন শিক্ষিকা অঙ্কিতাকে খুব ভালোবাসেন। উনি বলেন, "আমিও তোমার মতো ইন্ট্রোভার্ট ছিলাম। ইন্ট্রোভার্ট হওয়াতে কোনো আপত্তি নেই। ইন্ট্রোভার্টরা সাধারণত মেধাবী হয়। তাদের নিজস্ব একটা জগত থাকে। তবে কী জানো, একটা বয়সের পর, যখন কাজ কর্ম করতে হয়, নিজের পায়ে দাঁড়াতে হয়, তখন অবস্থার পরিপ্রেক্ষিতে কথা বলতেই হয় অনেকের সাথে। তবে ইন্ট্রোভার্ট হওয়াটা কোনো ভাবেই খারাপ নয়!"

এই শিক্ষিকার নাম মালবিকা। তিনি দর্শনের ক্লাস নেন। অঙ্কিতা কখনো একাই উপস্থিত থাকে ক্লাসে। বাকী মেয়েরা ক্লাস বাঙ্ক করে। অনেকে চলে যায় তাদের বয়ফ্রেন্ডদের সাথে লুকিয়ে পার্কে সময় কাটাতে। কিন্তু অঙ্কিতা বোধ হয় একাই সব চেয়ে বোকা সারা ক্লাসের মধ্যে – ওর না জুটেছে বয়ফ্রেন্ড, না হয়েছে কোনোদিন স্কুল থেকে পালানো। বৃষ্টিই হোক, গ্রীষ্মের আগুনেই হোক, বা শিতের দাপটে – সব কিছুকেই উপেক্ষা করে চলে আসে অঙ্কিতা স্কুলে। তাই ওকে বেশীর ভাগ শিক্ষিকারাই ভালবাসেন। ও যেন তাঁদের চোখে একাকী সৈনিক!

একদিন অঙ্কিতার জ্বর হয়। সামনেই একাদশ শ্রেণীর বার্ষিক পরীক্ষা। মা বলেন, "আজ আর স্কুলে যেতে হবে না।" অঙ্কিতা ওষুধ খেয়ে শুয়ে থাকে। সেদিন আর স্কুলে যাওয়া হল না। পাশের বাড়ির এক দিদি ওকে খুব ভালবাসে। আরাত্রিকা। অত্যন্ত মেধাবী ছাত্রী – সে এখন ডক্টরেটের জন্য পড়াশুনা করছে শহর থেকে অনেক দূরের এক মহা বিদ্যালয়ে। আরাত্রিকা হোয়াটস্যাপে নিয়মিত অঙ্কিতার সাথে যোগাযোগ রাখে। অঙ্কিতা কম কথা বলে। কিন্তু লেখার সময় তার জুরি মেলা ভার! যা-ই সে লেখে সোজা পাঠিয়ে দেয় আরাত্রিকা দিদিকে। দিদি সেই লেখা পড়ে তাকে যা উপদেশ দেয়, সেই মতো বদল করে নেয় তার নিজের লেখায়।

আরাত্রিকা প্রত্যেক বছর অঙ্কিতাকে নিয়ে যায় শহররেরই নতুন নতুন রেস্টোর‍্যান্টে। চাকরী করে না আরাত্রীকা। কিন্তু বাড়িতেই অঙ্ক আর বিজ্ঞান বিষয়ে বিভিন্ন বয়সের ছাত্র-ছাত্রীদের টিউশন ক্লাস দেয়। সেই সামান্য টাকা থেকেই কিছু জমিয়ে রাখে শখের বই কেনার জন্য, আর কিছু রাখে আরাত্রিকার সাথে মাঝে মধ্যে রেস্টোর‍্যান্টে অথবা আইসক্রিম পার্লারে যাওয়ার জন্য! গয়না বা সাজ পোশাকের শখ দু'জনেরই নেই! আরাত্রিকা দিদিকে দেখেই বই পড়ার চিরকালিন অভ্যেসটা যেন শতগুনে বেড়ে গেছে অঙ্কিতার। বাংলা ভাষার উপর দু'জনেরই দখল চোখে পরার মতো! ছোটবেলায় তারা দু'জনে এক সাথে হেঁটে হেঁটে লাইব্রেরী যেতো এবং কম্পিটিশন করে বই পড়ে শেষ করত! ইংরাজি সাহিত্যের বইও বহু পড়ে ফেলেছে অঙ্কিতা, আরাত্রিকা দিদির অনুপ্রেরণায়!

বেলার দিকে জ্বর ভাবটা কেটে যায় অঙ্কিতার। কিন্তু স্কুলে তো আর যাওয়া যাবে না! অনেক দেরী হয়ে গেছে। এমনই সময়ে মেঘলা দিনের মিষ্টি এক হাওয়ার মতো আরাত্রিকা দিদির মেসেজ এসে ঢুকে পরল অঙ্কিতার ফোনে! "আজ গুপি-বাঘায় যাবি?"

খাট থেকে এক লাফে নেমে এসে অঙ্কিতা চটপট পোশাক বদলে বেড়িয়ে পরল রাস্তায়। মা বললেন, "ছাতা নিয়ে যা!" কিন্তু ততক্ষণে অঙ্কিতা দ্রুত পদক্ষেপে পৌঁছে গেছে আরাত্রিকা দিদির কাছে!

- "কী রে! এত তারাতারি চলেও এলিস?" আরাত্রিকা জানতে চায় হেসে।

- "ভাল্লাগছিলো না গো বাড়িতে! মা বলল স্কুলে যেতে হবে না আজ, আমি শুয়েই ছিলাম সকাল থেকে।"

- "কেন রে? শরীর ঠিক আছে?"

- "এখন একদম ফিট! একটু জ্বর ছিল গতকাল রাতে।"

- "তাহলে তো এখন একটু মুরগীর মাংস আর গরম গরম পোলাও না হলেই নয়!"

- "ঠিক!" বিজ্ঞের মতো সায় দেয় অঙ্কিতা।

কথা বলতে বলতে দু'জনে বেড়িয়ে পরে পথে। অটোয় চেপে পৌঁছে যায় গুপি-বাঘায়। ওরা গিয়ে বসে আর কিছু সেলফি তোলে। হাত ধুয়ে এসে মেনু খুলে পছন্দের চিকেনের পদ এবং বাসন্তি পোলাও অর্ডার করে।

- "এখন কী বই পড়ছো?"

- "পড়ার খুব চাপ রয়েছে রে, অঙ্কিতা! এখন বই পড়া কমই হচ্ছে। তবে একজন ফরাসি লেখিকা আনি অ্যার্নো-র লেখা একটা বই-এর ইংরাজি অনুবাদ পড়ছি। বইটা আকারে ছোট। কিন্তু বেশ সুন্দর। আ ম্যান্স প্লেস – আত্মজীবনী মূলক বই, ওনার আর ওনার বাবার জীবনের বিভিন্ন স্মৃতি। নিজেকে যে উনি নায়িকা হিসেবে দেখিয়েছেন এমন নয়। আবার ওনার

বাবাকেও যে খুব নির্ভুল, নির্দোষ ভাবে তুলে ধরেছেন, তাও নয়।”

– “বাঃ! ভালো! আনি অ্যার্নো তো নোবেল প্রাইজ পেয়েছেন।”

– “সাবাশ! তুই সবই খোঁজ রাখিস দেখছি!”

অঙ্কিতা মুচকি হাসে। খাবার পরিবেশন হয়। একটু একটু খায় তারা, আর পড়াশোনার গল্প হয়। অঙ্কিতা বলে তার মালবিকা ম্যাডামের কথা।

– “সায়নী আমাকে ঠেলে ফেলে দিয়েছিলো টেস্টের খাতা দেখানোর পর। মালবিকা ম্যাডাম ওকে বকেছেন। বলেছেন ওর বাবাকে ডেকে বলে দেবেন। ওর মুখে কিছু আটকায় না, ও বলল, ওর বাবা ওনার মতো স্কুলে অ-আ-ক-খ শেখান না, তিনি সমাজের কাজ করেন – ওনার এসবের সময় নেই।”

– “বাবা, কি দাপট! যাক! তোর এমনিতে পড়াশোনা সব ঠিক চলছে তো?”

– “হ্যাঁ! সবই ঠিক চলছে! তবে কথা তেমন বলি না কারুর সাথে, তাই খুব সমস্যা করে ওরা ক্লাসে।”

– “তুই এত ভালো নম্বর পেয়েও সায়েন্স নিলি না কেন?” সায়েন্স তো তুই ভালোবাসতিস নাইন-টেনে।”

এমনি কথা চলছিলো। হঠাৎ একটা জোরে কোথাও বজ্রপাতের আওয়াজ। পুরো রেস্টোর্যান্ট অন্ধকার হয়ে গেলো কিছু

সেকেন্ডের জন্য। সেন্ট্রাল এসি বন্ধ হয়ে গেলো। হালকা আলো জ্বলে উঠলো। বড়ো রেস্টোর্যান্টে পাওয়ার কাটের সময়ে কাজ চালানোর মতো বিদ্যুতের বন্দোবস্ত করা থাকে। বাইরে প্রচণ্ড বৃষ্টি। খাওয়া শেষ হলো। একে একে সব টেবিলেই মানুষদের খাওয়া শেষ হলো। আরাত্রিকা আর অঙ্কিতা হাত ধুয়ে এসে খাবারের দাম মিটিয়ে টেবিলেই বসে আছে। বাকী সবাই ওদের মতই বাইরে যেতে না পেরে নিজেদের টেবিলে বসে আছে।

ওদের দু'জনের মুখে আর তেমন কথা নেই। মনের প্রাণের কথা অনেকটাই ভাগ করে নেওয়া হয়েছে এতক্ষণ। তাই এখন অঙ্কিতা চুপ করে গেছে। সব টেবিলে সবাই খুব কথা বলছে। একটা টেবিলে এক অল্প বয়স্ক ছেলে আর তার বান্ধবীর মধ্যে চলেছে নীচু গলায় দ্বন্দ্ব। তাদের কেউই খুশী নয়, সুখি নয়। আর একটা টেবিলে একটা পরিবার। একজন বড়োসরো লোক, তিনজন মহিলা আর একটি ছোট ছেলে। ছেলেটি খুব উৎসাহিত, আনন্দে কত কথা বলছে! তার দেখা সুপার হিরোদের নিয়ে কথা বলছে। বড়োসরো লোকটার মুখ বোঝাই দাড়ি-গোঁফ। কিন্তু সে যেন ওই শিশুটির মতোই উৎসাহে ফুটছে। হেসে তার কথায় তালে তাল মেলাচ্ছে। আর তিনজন মহিলার মধ্যে দুইজন বিবাহিতা। তিনজন মহিলাই খুব হাসাহাসি করছে। সংসারের গল্প। অবিবাহিতাটি বিবাহিত জীবনের প্রতি খুব অনুরাগি। বাকী দুই জন তাকে নানান ভুয়ো স্বপ্ন দেখিয়ে বিবাহ করতে প্ররোচিত করছে। তারা চায় না

কোনো মহিলা বিবাহ করা থেকে বঞ্চিত হোক! তারা বলছে, "তারপর একটা ছোট্ট লাবণী হবে তো! নাকী অভিজিৎ?" অবিবাহিতা মহীলা বলে, "সেরকম বুঝলে দুইই হবে! অসুবিধা কী!" আর তারা ফেটে পরছে অট্টহাস্যে।

অঙ্কিতা সামনে তাকিয়ে দেখে একটি টেবিলে কিছু স্যুট পরিহিত বয়স্ক লোক বসে আছেন। ওনারা ইংরাজিতে কথা বলছেন। মনে হলো কলেজের প্রোফেসর। ওরা চার জনেই ব্যাচেলার। ওদের মধ্যে মহাবিদ্যালয় সংক্রান্ত নানা রকম আলোচনা হচ্ছে। ওরা বহুদিনের কলিগ। অনেক আগেকার ইতিহাস নিয়ে ওরা আলোচনা করছে। আবার কোথায় একটা বেড়াতে যাওয়ার ফন্দিও আঁটছে।

আরাত্রিকা একবার বাইরে বেড়িয়ে দেখে এলো। তার মাঝে অঙ্কিতার মায়ের ফোনও এসে গেছে। মেয়ের জন্য চিন্তা হচ্ছে, ছাতা নিয়ে আসেনি কিনা!

– "নাহ! বৃষ্টি থামার নামই নেই।"

অগত্যা ওরা বসেই রইলো। গাইডের কল আসায় এমন বৃষ্টি ভেজা দুপুরেও আরাত্রিকা অযথা ব্যস্ত হয়ে পড়ল। অঙ্কিতা কথা বলে না। তাকিয়ে দেখে তার চারপাশে বিভিন্ন ধরনের মানুষদের।

একদল অল্প বয়সী কিশোর বা যুবক – বৃষ্টিতে কাক ভেজা হয়ে এসে দাড়িয়েছে রেস্টোরায়্ন্টের বদ্ধ হল ঘরে। এখানে কোন জানালাও নেই। বাইরের বৃষ্টি দেখা যায় না ভিতর থেকে। ছেলেগুলি একই জায়গায় কাজ করে বলে মনে হলো। সবার গায়েই ছিলো সাদা গোল গলা টি শার্ট। ওরা সবাই জামা খুলে ভিজে জামা গায়ে দিয়ে মাথার চুল মুছছে। খুব হুল্লোড় করছে ওরা। একটা ছেলে একজনের চুল মোছা কালিন ভেজা জামা দিয়ে মুখ চেপে ধরে খুব হাসছে। ওরা ফুটবল খেলা নিয়ে আলোচনা করছে। অঙ্কিতা এতক্ষণে বুঝলো, ওরা মাঠে ফুটবল খেলে ভিজে এখানে এসে আশ্রয় নিয়েছে। ওইই ওদের ঘরোয়া জার্সি। খুব জোর গলায় কথা বলছে ওরা। এই স্যুট পরিহিত দেশী সাহেব গুলো ওদের দিকে পিছন ঘুরে দেখছে বারবার।

– "খেলাটা চালাও!" একজন যুবক ওদের মধ্যে থেকেই চেঁচালো। অঙ্কিতার মনে পড়লো বিশ্বকাপ চলছে। রেস্টোরায়্ন্টের টিভি চালানো হলো। অঙ্কিতা লক্ষ করলো, খেলা দেখতে সারা হল ঘরে প্রায় বেশীর ভাগ মানুষই সাগ্রহে টিভির দিকে তাকিয়ে!

মনে হলো, নীল-সাদা জার্সির দলে একাংশ দর্শক, আর লাল রঙের জার্সির দলে বাকীরা। নীলেরা এক গোল দেয় আর এক দল এখানে চিৎকার করে ওঠে, লালেরা এক গোল দেয় তো আরেক দল চিৎকার করে ওঠে। খালি গায়ে ছেলেগুলো কেউ

নীলেদের, কেউ লালেদের ভক্ত। টিভির ওরা কেউই এ দেশের নয়। অথচ এক হল ঘর লোকজন কেমন এক জাদুবলে, একটা সুন্দর আবেশে যেন মোহিত হয়ে, পোষ মানা পাখিদের মতো বিভিন্ন কণ্ঠে ডেকে উঠছে! কোন দল যে জিতলো, অঙ্কিতা লক্ষ করেনি। তবে পুরো হলের মধ্যে সব মানুষগুলোর উচ্ছাস দেখলো সে। যে দলই জিতুক, বেশির ভাগ মানুষই তাদের ফুটবল খেলার প্রতি উদ্দিপনা প্রকাশ করলো। আর ওই খালি গায়ে ভেজা কাক ছেলে গুলো আনন্দে চেঁচামেচি জুড়ে দিয়েছে। অঙ্কিতা উপলব্ধি করলো, সে ওদের সাথেই কখন অজান্তেই হাসতে শুরু করেছে। ওরাও চিৎকার করছে, অঙ্কিতাও চিৎকার করছে!

বৃষ্টি থামলো। সবাই নিজের নিজের বাড়ির পথে রওনা দিলো।

দুই

পরের দিন বিনীতা দু-বাহু প্রসারিত করে কি যেন সিনেমার ডায়ালগ উগরে দিলো অঙ্কিতা ক্লাসে ঢুকতেই।

তবে অঙ্কিতা অন্য দিনের মতো হেসে চুপ করে চলে যায়নি। বিনীতাকেই বেছে বেছে জিজ্ঞাসা করলো, "কাল ক্লাসে কী পড়িয়েছেন ইন্দিরা ম্যাডাম?"

বিনীতা জানায় সে আগের দিন বয় ফ্রেন্ডের সাথে গুপি-বাঘায় খেতে গিয়েছিলো দুপুরে। বিনীতার মিথ্যা বুঝতে পারে অঙ্কিতা। সে ইচ্ছা করলেই বলতে পারতো, "কোথায়, আমি তো তোকে দেখতে পাইনি!" কিন্তু অঙ্কিতা হেসে নিজের জায়গায় গিয়ে বসে। ক্লাস শুরু হয় শিঘ্রই।

মালবিকা ম্যাডামের সাথে শেষ ক্লাসে একাই বসে থাকে অঙ্কিতা। আগের দিনের অভিজ্ঞতার কথা বলে ম্যাডামকে। ম্যাডাম শুনে খুব মজা পেলেন।

– "ছেলে গুলোকে ভালো লেগেছে? বলিস যদি ফোন নম্বর জোগাড় করে দিই।"

– "ধুর! কী যে বলেন! না না, আমার ওই পরিবেশটা খুব মজার লেগেছে। সত্যি! কতরকম মানুষ, কত রকম তাদের বেশ ভূষা, আদপ কায়দা – কিন্তু ওই ফুটবল খেলা দেখে ওরা সবাই কেমন আনন্দে আত্মহারা! আর ওই ছোট ছেলেটা আনন্দে লাফাচ্ছিল, ওর বাবার প্রিয় টিম জিতেছে বলে।"

166

– "তাই তো হয়। আসলে কী জানিস, বড়োরাও তো একটা সময় ছোট ছিলো, তাদের মধ্যেটাও সেই ছোটই থেকে যায়। কেউ কেউ একটা বড়ো হওয়ার খোলস পরে থাকে, এই মাত্র!"

বার্ষিক পরীক্ষা শেষ হয়। অডিটোরিয়ামে পুরস্কার বিতরণীর দিন মালবিকা ম্যাডাম নিজে হাতে অঙ্কিতার হাতে প্রথম পুরস্কার এবং শংসা পত্র তুলে দেন, এবং এই প্রথম তিনি অঙ্কিতাকে আলিঙ্গন করেন। তিনি ঘোষণা করেন, অঙ্কিতা শুধু একাদশ শ্রেণীতে প্রথম স্থান অধিকার করেছে তাইই নয়, সে একটি বিরাট বড়ো কাণ্ড ঘটিয়েছে।

– "অঙ্কিতাকে পরীক্ষায় প্রথম হওয়া এবং রোদ, ঝড়, জল উপেক্ষা করে নিয়মিত সব ক্লাসে উপস্থিৎ থাকার জন্য শুভেচ্ছা আর ভালোবাসা জানাই। তবে অঙ্কিতা এসবের থেকেও বড়ো একটা কান্ড করেছে। নিজে হাতে সে একটা উপন্যাসের বই লিখেছে! মাননিয় পৌর প্রধান মহাশয় এবং মাননিয়া প্রধান শিক্ষিকা মহাশয়াকে অনুরোধ করবো, অঙ্কিতার জীবনে লেখা প্রথম উপন্যাস 'ইন্ট্রোভার্ট' বইটি শুভ উদ্বোধন করতে!"

বইয়ের উদ্বোধন হলো। সারা অডিটোরিয়াম হাত তালিতে ফেটে পরলো। অঙ্কিতাকে পৌর প্রধান আলিঙ্গন করে বললেন, "আমরা, তোমার মতো ছাত্রী পেয়ে সত্যিই গর্বিত।" তিনি দর্শকদের উদ্দেশ্যে বললেন –

- "এই বইয়ের বক্তব্য যদি যদি একটু আমাদের সাথে ভাগ করে নেয় সে, খুব খুশী হবো। আমি আমার হৃদয়ের মধ্যে থেকে অনেক অনেক ভালোবাসা জানাই ছোট অঙ্কিতাকে।"
- "বলো, অঙ্কিতা, বইটা সম্বন্ধে আমাদের বলো তো! আজ তুমি বলবে, আর আমরা সবাই শুনব!"

অঙ্কিতা হাসি মুখে মাইকের সামনে এসে মুখ খোলে।

- "ধন্যবাদ, ম্যা'ম! এই বইটি আমি লিখেছি মাত্র এক মাসের মধ্যে। এই বই লেখায় আমাকে সব চেয়ে বেশি উৎসাহ দিয়েছেন মালবিকা ম্যাডাম, প্রিয় আরাত্রিকা দিদি, আমার মা আর বাবা। বইটা আমার আত্মজীবনী মূলক হলেও এখানে কতকগুলো বিষয়ে আলোকপাত করা হয়েছে। পৃথিবীতে যুদ্ধের শেষ নেই। বিবাদের শেষ নেই। ঈর্ষার শেষ নেই। ছোট ছোট শিশুদের মধ্যে যত ঈর্ষা আর দ্বেষ, তা কোনো বুরো বাঘের মধ্যেও থাকে না। মানুষ একটি বর্বর প্রজাতি, বিবাদ-প্রিয়। আটানব্বই শতাংশ মানুষ কষ্ট করে, মাথার ঘাম পায়ে ফেলে পেট চালায়, আর দুই শতাংশ মানুষ বাকীদের কষ্টার্জিত অর্থে, ওদের অর্ধাহারে কাটানো দৈন্যের জীবনের ওপর বুট জুতো পরে গটমট করে হেঁটে বেড়ায়। ওদের অর্থে হেলিকপ্টার আর জেটে করে উড়ে বেড়ায়, শাসন করে তর্জনীর ডগায় রেখে দেয় কোটি কোটি মানুষকে। ওই ওরা যখন সিংহাসনে বসে সোনার থালায় বিরিয়ানি খায়, আমার গ্রামের গরীব চাষি ভাইরা থাকে অনাহারে, শিক্ষক-শিক্ষিকারা আত্মহত্যা করে চাকরী খুইয়ে। ওই

ওরা যখন দেশে দেশে লড়াই লড়াই খেলে, তখন আমার শহরের আত্মত্যাগী ভাইয়েরা প্রাণ বলী দিতে যায় যুদ্ধক্ষেত্রে। ওরা যখন হিন্দু, মুসলিম, খ্রিস্টান করে – তখন আমাদের দেশের লোকেরা অন্য দেশের লোকেদের, আর অন্য দেশের লোকেরা আমাদের দেশের লোকেদের দেখলে ঘৃণা করে, হত্যা করে। আমার ভগবান-ই সত্য, তোমার ভগবান নকল – এই বুজরুকী দিয়ে হাজার হাজার বছর ধরে একে অপরকে হত্যা করে চলেছে, গণহত্যা করে চলেছে মানুষ। ওরা যখন আমার দেশের মা-বাবাদের থেকে শোষিত টাকা গুণে গুণে হাত ব্যথা করে ফেলে, তখন এদিকে আমার গরীব ভাই কোনো এক দুঃখ রাতে হাড়িয়ে ফেলে সততার আলো। ঔদ্ধত্বে, বর্ণ বিভেদে, ধর্মান্ধতায়, হিংসায়, যুদ্ধে, হত্যাকাণ্ডে, ধর্ষণে, অপহরণে, জালিয়াতি আর অসাধুতায় মানুষ সব সময়েই থাকে প্রথম স্থানে। এভাবে মানুষ সর্বোৎকৃষ্ট প্রাণি হতে পারে না।

এই বইয়ের চিন্তা আমার মাথায় আসে এক দুপুরে, বৃষ্টি মুখর দুপুরে। আমি এক রেস্টোর্যান্টে এক রাশ মানুষকে দেখি। আমার মনে হয় এ তো সেই মেয়ে, যে ক্লাসে ঢুকতেই আমাকে প্রতিদিন বুলি করতো, ঠেলে ফেলে দিতো! আর সেই বিয়ে করে পর-মুখাপেক্ষি হয়ে দুই সন্তানের জন্ম দিতে চাওয়া ওই অবিবাহিতা আকাঙ্ক্ষা-হীন যুবতী! সে এভাবেই হয়তো কোন পুরুষের জীবন নিয়েও বুলি বুলি খেলবে! এ হয়তো সেই কোনো অকেজো কাউন্সেলারের উদ্ধত কন্যার ভবিষ্যৎ অবতার!

সোনার চামচ মুখে নিয়ে জন্মানো সেই রাজকন্যা যার কাছে মানুষের কষ্ট দুঃখ কিছুর মূল্য নেই। এই এরাই তো তারা! তারাই বড়ো হয়েছে, তারাই সমাজে খোলা আকাশের নীচে ঘুরে বেড়াচ্ছে!”

এসব শুনে হলের মধ্যে রীতিমত আলোড়ন পড়েছে। সায়নী একটি ভ্রূ উঁচু করে সাক্ষাৎ শয়তানের মতো মুখ ভঙ্গিমায় শুনছে। বিনীতা বোঝেনি রূপকটি, সে নির্বোধ, সে আঙুলের নোখের নেল পালিশ দাঁত দিয়ে তুলছে আর থু থু করে ফেলছে। অঙ্কিতা বলে চলে, “আর তারপর যখন টিভিতে অন্য দেশের খেলোয়াড়রা জিতে গেলো একটা ম্যাচে, দেখি রেস্টোর্যান্টে সবার মধ্যে একটা একতার সুর! এই কিছু আগেই যারা ছিলো ধনী সাহেব, আর যারা ছিলো কাদা মেখে আসা খালি গায়ে কাক ভেজা ছেলেদের দল, আর ওই তারা যারা ছোটবেলায় ধরাকে সরা জ্ঞান করে বড়ো হয়েছে আর বড়ো হয়ে জীবন জুয়ায় হেরে গেছে – তারা সবাই – সব্বাই! এক সাথে হুল্লোড় করছে সব্বাই। দ্বন্দ্ব সব সময় শুরু হয় একটা অত্যন্ত ক্ষুদ্র বিষয় থেকে। বেশির ভাগ সময়েই সেটা প্রায় গুরুত্বহীন বিষয়। সেটা বাড়তে বাড়তে লড়াই, যুদ্ধ আর হত্যা। ধর্মীয় বিভাজন, বর্ণের বিভেদ, আর লিঙ্গের বৈষম্য – এসব ওই ছোট বিষয়টাকেই বড়ো করে দেখানোর বিভিন্ন কৌশল, ধূর্ত দুই শতাংশরা এগুলো ব্যবহার করে।

আমরা প্রত্যেকেই যদি এক বিন্দু করে আমাদের প্রচেষ্টা মেলাই, আমরা পারবো একটা সুন্দর সমাজ, একটা সুন্দর পৃথিবী গড়তে। একটু নিজের স্বাচ্ছন্দের গণ্ডি থেকে বেড়িয়ে আসতে হবে। বুলি নয়, একে অপরকে ভালবাসা আর সৌহার্দ্যতার হাত বাড়িয়ে দিতে হবে। ধর্মীয় কুসংস্কার নয়, বৈজ্ঞানিক পদ্ধতিতে জ্ঞান আর শিক্ষার আলো জ্বালাতে হবে ঘরে ঘরে। যুদ্ধের দামামা নয় – প্রেমের গানে মানুষের মনকে বাঁধতে হবে এক সূত্রে।

আমি কথা বলি না খুব একটা, আজ অনেকটা বেশিই বলে ফেললাম, মাফ করবেন। কথা আমি খুব নির্দিষ্ট কিছু জনের সাথেই বলতে পছন্দ করি। তারা আমায় বোঝে, আমি তাদের সাথে নিজেকে মানিয়ে নিতে পারি।

হিংসা, ধর্মীয় বিভাজন, বিদ্বেষ, লিঙ্গ বৈষম্য, মানুষে মানুষে যুদ্ধ – এসবই বর্বরতার চিহ্ন। সবের ঊর্ধ্বে মনুষ্যত্ব। আমরা সবাই আলাদা। আর সেই মৌলিকতার মাঝেই বৈচিত্র্য! সেটাই আমার বইটি লিখতে অনুপ্রাণিত করেছে।

আমরা জ্ঞানের চর্চা করতে পারি – হিংসা, দ্বন্দ্ব, বা বিবাদের মুহূর্তে যদি আমরা গভীর শ্বাস নিয়ে এক মুহূর্ত ভাবতে পারি, মুখে যা হোক বলে ফেলার আগে! একটা মুহূর্ত যদি চিন্তা করতে পারি, তাহলে হয়ত অনেক লড়াই আটকানো সম্ভব, অনেক আত্মহত্যা থামানো সম্ভব। আমরা সবাই মিলে পারি একটা ভালোবাসার পৃথিবী গড়ে তুলতে, একটা মানবিকতার পৃথিবী গড়ে তুলতে। এইই আমার বইয়ের মূল ভাবনা।"

অঙ্কিতার মধ্যে এক আকাশ ভাবনা জমে ছিলো, এক আকাশ চেতনা বোধ তার মনের মধ্যে – তা কেবল কিছু জনই হদিস পেয়েছিলো। অঙ্কিতার বলা কথা গুলো প্রতিটি দর্শকের হৃদয়ের গভীরে স্পর্শ করেছে। কিছু মুহূর্ত চারপাশ স্তব্ধ! তারপর নিরবতা ভঙ্গ করে সকলে উঠে দাঁড়িয়ে করতালিতে মুখর করে তুলল অডিটোরিয়াম! মালবিকা ম্যাডামের চোখে জল। সায়নী আর বিনীতা এসে কিছুক্ষন অঙ্কিতার দিকে তাকিয়ে থেকে, আর থাকতে না পেরে জড়িয়ে ধরলো অঙ্কিতাকে।

07-07-24

ভাবনা

ভাবনা গুলো বৃষ্টি জলের ফোঁটার মতো –

পাহাড় ভাঙা জলের মতো।

ঘাসের ওপর শিশির যেমন

খাপছাড়া রঙ মেঘের যেমন

ঠিক তেমনি ভাবনা আমার

যখন তখন, যেথায় সেথায়।

গাছ পাতানো পাতার ফাঁকে

সূর্য যখন ধূর্ত ঝোঁকে

পাঁচ মিশালী রঙ মিশিয়ে

ছবি আঁকে, শিল্পি যেন;

তেমন রঙের ভাবনা আমার,

পাঁচ মিশালী – আবার কখন্

কালো সাদায় আয়না সেজে

প্রতিবিম্ব দেখায় আমায়।

খেলছি এখন ভাবনা নিয়ে,

কখন্ বসে, কখন্ শুয়ে,

দরকারী আর অদরকারী

ভাবনা যত।

নদীর ধারে মনটা আমার

নীল আকাশের নীল মেখে

গাছ গুলোতেই আটকে আছে,

শুনছে না কথা –

শুনছে না কথা –

নামছে না আজ কিছুতেই।

07-09-2012

অন্য কোনো নীল আকাশে

পুরে ছারখার

ভাবনা গুলো

চার দেওয়ালে

ধুঁকছে আজ।

মেলছে না আর

স্বপ্ন ডানা

কষ্ট করে

সৃষ্টি করা

নানা রঙের

কুঁড়ি গুলো –
সবটুকু কেউ
ভাঙছে যেন
তিলে তিলে
ছন্দ গুলো
নানান রঙের
স্বপ্ন গুলো
ডানা ভাঙা
ভাবনা গুলো
খেলার ছলে
ভাঙছে কেউ।
উড়তে আমায়
দিলো কোথায়
দৈন্য-জীর্ণ
চির আঁধার!
হয়ত আবার
অন্য কারো
স্বপ্নে মিশে
উড়বো আমি!

অন্য কোনো

নীল আকাশে

মেঘের মতো

উড়বো আমি!

পারবেই না

ধরতে আমায়!

উড়বো আমি

তারার মতো

আলোর বেগে

উড়বো আমি।

উড়বো আমি

ভাবনা হয়ে

অন্য কোনো

নীল আকাশে।

15-08-24

রান্না ঘরে এলিয়ন

মা বললেন, "তোর যে কী হবে, দিন রাত বাংলা গল্পের বই পড়ছিস! এদিকে মালহোত্রার মেয়েটা কেমন ক্লাসে ফার্স্ট হয়ে বেড়িয়ে যাচ্ছে!"

শুধু নিন্দিথী, আয়ুসী, প্রেরণা – এদের ছাড়া যেন পৃথিবীতে কোন ছাত্র-ছাত্রী নেই! পুপুরা কি বানের জলে ভেসে এসেছে? কই, রিশভ, হার্ষ, শৈলেশদের কথা তো মায়ের মুখে শুনতে পাওয়া যায় না! ছেলেরা অনেক পিছিয়ে আছে – এই কথা শুনতে শুনতে পুপুর মাথা যেন খারাপ হয়ে যায়! টিভিতে, স্কুলে, বাড়িতে, সোশ্যাল মিডিয়ায় – সর্বত্র! মনে হয় ছেলে জন্মটাই যেন বৃথা! বাংলা বই পড়তে ভালো লাগে পুপুর। বাবা লুকিয়ে লুকিয়ে এক গাদা বাংলা বই কিনে দেন পুপুকে প্রতি বছর বই মেলা থেকে। সবই চিলেকোঠার ঘরে লুকিয়ে রাখে পুপু। সেখানেই পড়ার ফাঁকে সে এসে বসে আর ভালো ভালো বাংলা বই পড়ে।

পুপুর মুরি আর চানাচুরের সাথে পেঁয়াজ, লঙ্কা দিয়ে ভালো করে মেখে খেতে ভালো লাগে। সাদা ভাত আর পাঁঠার মাংস খেতে ভালো লাগে। ইলিশ মাছ খেতে ভালো লাগে। কাল বৈশাখীর ঝড় উঠলে ছাতে উঠে এক চোট দৌড়োদৌড়ি করতে ভালো

লাগে। বৃষ্টি পড়লে ছাতে উঠে ভিজতে ভালো লাগে। রবীন্দ্র সংগীত শুনতে ভালো লাগে। এসব ভালো লাগা গুলো এসেছে তার বাবার থেকেই। কিন্তু স্কুলের কোনো বন্ধু-বান্ধবদের সাথে তার ভালো লাগা গুলো মেলে না। ওরা সপ্তাহান্তে বড়ো বড়ো শপিং মলে যায়, বিরাট বড়ো বড়ো সিনেমা হলে যায়, আর পিৎজা, বার্গার খেতে ভালবাসে। ওরা কী বুঝবে রবীন্দ্রনাথের বর্ষার গান, অন্ধকার রাতের আকাশে তারা দেখার রহস্যময় অনুভূতি, বাংলা সাহিত্য বই পড়ার সুখ আর বাঙালি খাবারের স্বাদ! ওদের মা বাবারা গরমের ছুটিতে ওদের ইউ এস এ, অস্ট্রেলিয়া, দুবাই নিয়ে যায়। আর ছোট্ট পুপুর পৃথিবীটায় আছে গরমের ছুটির মজা, বাগানে ফুল গাছ লাগানো, অজস্র বাংলা বই পড়ে শেষ করা, ছবি আঁকা, বাবার মুখে সুন্দর সুন্দর গল্প শোনা... আর তার ভালো লাগে রান্না! মানে রান্না করতে ঠিক পারে না, তবে বিভিন্ন পদ মা রান্না করলে সেসবের স্বাদ আস্বাদন করতে ভালো লাগে।

পুপু মন মোরা হয়ে বসে ছিলো চিলেকোঠার ঘরে। ওর কোনো ভাই-বোন নেই। মাঝে মাঝে কাকা তার ছেলেকে নিয়ে ওদের বাড়িতে আসে, তখন একটু খেলা হয়, গল্প হয়... নাহলে ও একাই থাকে। মা ফাস্ট ফুড খাওয়ান, কোল্ড ড্রিঙ্ক খাওয়ান। পুপুর চেহারাটা সেসব খেয়ে খেয়ে যে হারে বেড়েছে, তা পুপুর মোটেও পছন্দ না। অহনা ওকে মোটা বলে। পুপু সন্ধ্যার আকাশ পানে তাকিয়ে যখন আকাশ পাতাল ভাবছে, তখনই

এক বিস্ময়কর ঘটনা ঘটে গেলো। একটা তীব্র আলোয় চোখ ধাঁধিয়ে গেলো! চিলেকোঠার সামনে, ছাদের ওপর একটা মহাকাশ যান! হ্যাঁ, মহাকাশ যানই তো! বাড়িতে কেউ নেই। মা গেছেন বিউটি পার্লারে – বাবা কোথায় গেছেন কেউ জানে না। এমনই ফাঁকা বাড়িতে এ কেমন উপদ্রব! পুপু হেমেন্দ্র রায়ের গল্পে এরকম বহু এলিয়নদের কথা পড়েছে। যান থেকে সটান ডালা খুলে বেরিয়ে এলো একটি দেড় ফুট উচ্চতার প্রাণী! পুপু প্রাণীটাকে দেখে মোটেই ভয় পেলো না! যারা বই পড়ে, তারা পৃথিবীটাকে অন্য চোখে দেখে। প্রাণীটাকে আক্রমণ না করে, বরং আনন্দে আর রোমাঞ্চে মিশে ছাতের দরজা খুলে তাকে বাড়িতে ঢুকিয়ে আনে পুপু।

প্রাণীটা খুব বুদ্ধিমান আর প্রাণোজ্জ্বল। পুরো দেহটাই ঘাসের মতো হালকা সবুজ। দুটো বিশাল বড়ো বড়ো সাদা চোখ। মাথার ওপরে একটা অ্যান্টেনা। আঙুলের ডগা গুলো ফোলা ফোলা, দুই হাতে মোটে তিনটে করে আঙুল। মানুষের মতোই তার দু'টো পা। তবে পা গুলো যেন চার্লি চ্যাপলিনের জুতো! তবে সবটাই সবুজ। ঘাস ফড়িঙের মতো সবুজ! পুরোটাই যেন চলমান এক কার্টুন! তার গোলাপি মহাকাশ যানটাও খুব মজার। যানের গায়েও দুটো বিশাল বড়ো বড়ো চোখ।

– "আমার নাম কেফ। তুমি পুপু, তোমার ভালো নাম পীযূষ। তুমি ক্লাস সেভেনে পড়ো, আর তোমার বাংলা বই পড়তে খুব ভালো লাগে।" ছোটদের মতো মিষ্টি গলায় ছোট্ট সবুজ প্রাণীটি কথা গুলো বলে গেলো এক নিশ্বাসে। পুপুর বিস্ময়ের সীমা রইলো না। বাংলায় কথা বলে কেফ!

– "তুমি আমার সম্বন্ধে এত কিছু জানলে কী করে? তুমি বাংলায় কথা বলো কী করে? তুমি কোথা থেকে আসছো?"

– "আমি তোমার চোখের দিকে তাকিয়ে তোমার সম্বন্ধে সব জেনে গেলাম। যাদের চোখ নেই, তাদের কানের দিকে তাকিয়ে সব জেনে যাই। আমি ব্রহ্মাণ্ডের যে কোনো ভাষাতেই কথা বলতে পারি। আমাদের স্পেস শিপের থেকে নামার আগে শুধু একটা বরি খেয়ে নিতে হয়, আর আমরা যে গ্রহে নামি সেখানের হাওয়া, মাধ্যাকর্ষণ, ভাষা, সংস্কৃতি – সব আমাদের

রপ্ত হয়ে যায়।" কথা বলা থামিয়ে এক মুখ হাসি কেফের। "ওগুলো বুঝি তোমার বাংলা বইয়ের কালেকশান?" এগিয়ে যায় পুপুর বইয়ের সম্ভারের দিকে। বইগুলো হাতে নিয়ে দেখতে থাকে। ওমা! কি দ্রুত কেফ সব বই গুলোর পাতা উল্টে উল্টে রেখেও দেয়! মুখে স্মিত হাসি।

– "সব পড়া হয়ে গেলো নাকী?" পুপু অবাক হয়ে জানতে চায়।

কেফ তখন দু'পাশে ঘার নাড়ে। আর তার মুখ থেকে শোনা যায় ছোট্ট একটা হ্যাঁ। কেফ থাকে গ্রুল্লাক্স গ্রহতে। পৃথিবীর সৌর মণ্ডলের থেকে অসংখ্য আলোক বর্ষ দূরে। তাদের গ্রহতে সবাই দু'পাশে ঘার নেড়ে হ্যাঁ বলে থাকে। তবে সব বই গুলো কিছু মুহূর্তের মধ্যে শেষ করে কেফ কিছুক্ষণ চুপ করে বসে থাকে।

– "এত কী ভাবছো, কেফ?" পুপু প্রশ্ন করে।

– "ভাবছি, তোমাদের ভাষাটা খুব মিষ্টি। আমি আজ পর্যন্ত অসংখ্য গ্রহতে গেছি। সবের মধ্যেই তোমাদের ভাষাটা আমার সব চেয়ে মিষ্টি লেগেছে। আচ্ছা, তুমি রান্না করতে পারো?"

– "রান্না?" পুপু আকাশ থেকে পড়ে।

– "হ্যাঁ! আমি তোমাদের গ্রহের সব রকম রান্না শিখে গেছি। ওই বরিটা খেলেই যে গ্রহে পা দিই, সেখানের ইতিহাস, ভূগোল, রান্না, অঙ্ক, ভাষা, সবই জেনে যাই। রান্নাঘরটা দেখাও

তোমার। তোমার বাঙালি রান্না ভালো লাগে, কিন্তু তোমার মা বিদেশী খাবার খাইয়ে তোমার চেহারা খারাপ করে দিচ্ছেন। চলো রান্না ঘরে।"

পুপু আটকাতে গেলেও কেফ তোয়াক্কা করে না। কেফ সোজা রান্নাঘরে চলে আসে। নিমেষের মধ্যে আভেনে বসিয়ে দেয় কড়াই। ঝপাঝপ তেল দেয়, মশলা দেয়, পেঁয়াজ দেয় – রান্না শুরু হয়ে যায় জোর কদমে। রান্না শেষ হতে হতে মা ফিরে আসেন। পুপু চেষ্টা করেও কেফকে লুকোতে পারে না। মা পার্লার থেকে সুন্দরী হয়ে ফিরেছেন। হাতে এক গাদা ব্যাগ, শপিংও করেছেন। কেফকে রান্নাঘরে দেখে, "ভু-উ-উ-উ..." বলে সব হাত থেকে ফেলে দিয়ে তিনি বসে পড়েন মেঝেতে। কেফ এসে মাকে বড়ো মিষ্টি গলায় শোনাতে থাকে রবীন্দ্র গান! গাইতে গাইতে কাছে এসে বাড়িয়ে দেয় দু'টো হাত।

"বড়ো আশা ক'রে এসেছি গো, কাছে ডেকে লও,

ফিরায়ো না, জননী।।

দীনহীনে কেহ চাহে না, তুমি তারে রাখিবে জানি গো

আর আমি-যে কিছু চাহি নে, চরণতলে বসে থাকিব।

আর আমি-যে কিছু চাহি নে, জননী ব'লে শুধু ডাকিব।

তুমি না রাখিলে, গৃহ আর পাইব কোথা,

কেঁদে কেঁদে কোথা বেড়াব –

ওই-যে হেরি তমসঘনঘোরা গহন রজনী।।"

এত সুন্দর স্পষ্ট উচ্চারণে মধুর রবীন্দ্র গান শুনে মা স্তম্ভিত ও পরম আনন্দে উদ্ভাসিত হন। মা কেফের ছোট্ট দু'টো হাত ধরে উঠে দাঁড়িয়ে প্রশ্ন করেন,

– "তুমি কে গো? এত মিষ্টি গান করো! তুমি তো ভুত নও! তুমি কি ভগবান?"

মায়ের হাত থেকে পড়ে যাওয়া সব জিনিস পত্র নিমেষের মধ্যে, বিদ্যুতের গতিতে কুড়িয়ে নিয়ে ঘরে, আর রান্নাঘরে সঠিক সঠিক জায়গায় সব সরঞ্জাম রেখে ফিরে আসে কেফ। সবই যেন টিভির কার্টুনের মতো লাগছে পুপুর! মায়ের একশো'য় একশো' পাওয়ার বায়নায় বাড়িতে কোনোদিন মন খুলে হাসেনি পুপু। আজ তার এই অদ্ভুত প্রাণীটার কীর্তি দেখে খুব হাসি পায়। কেফ নিজের পরিচয় দেয়। মায়ের বিস্ময়ের সীমা থাকে না। রাতে খাবার টেবিলে কেফ এমন বিয়ে বাড়ির রান্না খাওয়ায়, পুপুর মা আর বাবার তাক লেগে যায়। আর পুপুর তো কথাই নেই – সে আজ জীবনে প্রথম এত ভালো ভালো পদ খেতে পেয়েছে! রাধাবল্লভী, কাশ্মীরি আলুর দম, সালাড, ঝুড়ি আলুভাজা, মাছের কালিয়া, সাদা গরম ভাত, মাটন, চাটনি, এমনকি পাপড়! আবার একী! খাবার শেষে সুস্বাদু সন্দেশ, আইসক্রিম – এসব আসছে কোথা থেকে! সবই কেফের কামাল!

বাড়িতে অনুষ্ঠানের মতো পরিবেশ। খাওয়া শেষ হয়। সবার মুখে হাসি আর মনে তৃপ্তি।

আজ থেকে কেফ আর তার অদ্ভূত মহাকাশ যান – পুপুদের সাথেই থাকবে। পুপুর মা কেফকে আদোর করে বলেছেন, "কাছে ডেকে নিলাম তোমায়, ছোট্ট কেফ! আজ থেকে তুমি আমাদের পরিবারের অংশ। আমাকে তুমি এসব রান্না শিখিয়ে দিও। আমার ছেলেটা বাঙালি খাবার খেতে খুব ভালবাসে।"

এরপর থেকে পুপুকে সব বিষয়ে খুব ভালো ভাবে তালিম দিতে থাকে কেফ। আর পুপু ক্রমশই ক্লাসের অন্যান্যদের থেকে অনেক বেশি ভালো ফল করতে থাকে পরীক্ষায়। মা এখন আর নির্নিধী, আয়ুসী, প্রেরণাদের সাথে তুলনা করেন না। আদীম ফেমিনিজমের ধুলো ঝেড়ে ফেলে দিয়ে, পুপুর জন্মদিনে নির্নিধী, আয়ুসী, প্রেরণাদের পাশাপাশি রিশভ, হার্ষ, শৈলেশদেরও নিমন্ত্রণ করে বসেন পুপুর মা! কেফ আর পুপুর মায়ের হাতে

বাঙালি রান্না খেয়ে সবাই অত্যন্ত খুশী মনে বাড়ি ফেরে আর সেসব রান্নার তারিফ করতে থাকে তাদের আধ ফিরিঙ্গী পরিবার পরিজনদের কাছে। পুপু একবার ক্লাসে প্রথম হওয়ার পর মা মেনে নিয়েছেন – ছেলে বা মেয়ে নয় – কঠিন পরিশ্রম করলে যে কেউই সাফল্য পেতে পারে।

পুপুর মা তাকে আর কখনো বাংলা পড়তে বাধা দেন না। শোয়ার ঘরে, বসার ঘরে, হলে – সব জায়গায় সুন্দর বড়ো বড়ো শেলফ করিয়ে দিয়েছেন। সেখানে থাকে পুপুর আর পুপুর বাবার সুবিপুল বাংলা বইয়ের সম্ভার। তবে বহু ইংরাজি এবং অন্যান্য ভাষার বইও আছে। পুপুর বাবা তো পলিগ্লট, তিনি বিভিন্ন ভাষায় বই-টই লেখালেখিও করেন। তবে এখন আর লুকিয়ে নয়, নিজের বাড়িতেই সাহিত্য চর্চা করেন। পুপুর মাও আজকাল রোজ বাংলা সাহিত্যের বই পড়েন, কথায় কথায় রবীন্দ্রনাথ উদ্ধৃত করেন, জর্জ বিশ্বাসের কণ্ঠে রবীন্দ্র সংগীত চলে বাড়িতে।

25-07-2024

পপুলার নয়া বাঙালি মায়েদের দুশ্চিন্তা

গিলছে কেমন দু'চোখ দিয়ে

বাংলা কমিক্স, গল্প!

গা জ্বলে যায় দেখলে এসব!

লজ্জাও হয় অল্প।

যতই বলি "মেরা বেটা

ডাজন্ট লাইক বাঙলা!"

লুকিয়ে শোনে টেগোর সং

জাস্ট লাইক আ হ্যাংলা!
পরীক্ষাতে পেতেই হবে
হাভ্ডেড অন হাভ্ডেড!
আকণ্ঠ কোচিং ক্লাস আর
পিৎজা, মেয়ো, চিজ ব্রেড!

ম্যাথস, ফিজিক্স, কেমিস্ট্রি, আর্টস,
ল্যাঙ্গুয়েজ – সব মিলিয়ে,
গোটা টুয়্যাল্ভ টিচারস দিব্বি
দিয়েছি আমরা লাগিয়ে!

ত্রিপাঠীর সান ম্যাথসে অ্যাডেপ্ট –
ঝাকাশ গ্রুপের টপ তাই,
সিঙ্ঘানিয়ার বোথ দ্য টু সান্স
অ্যাপল অফ হিজ আই।

সব সাবজেক্ট ন'য়ের ঘরে –
বাট হাভ্ডেড কেন হয় না!
ফর মাই সান ফাইনালেতেও

এস্ট্যারেস্মেন্ট যায় না।

অ্যানি, আঞ্জলি এগিয়ে যাচ্ছে,
তোকে নিয়েই শঙ্কা;
দিনরাত শুধু গিলছে কেমন,
পড়ায় লবডঙ্কা!

রাত্তিরে স্লিপ বন্ধ কর্ অ্যান্ড
বিকেল বেলায় খেলা –
স্টপ কর্ ঐ বেঙ্গলি লেখা,
সাহিত্য বুক গেলা।

এগিয়ে যাচ্ছে চৌহান ডটারস্,
হায়েস্ট ওরা পাবেই!
নাইনটি নাইন পোষায় না যে –
দুঃখ তোকে নিয়েই।

16-07-2020

প্লাম্বার চাই

বেসিন লাগাতে হবে

কোথা পাই প্লাম্বার?

চেনা জানা থাকলে

দিও তার নাম্বার!

ব্যস্ত বেজায় ওরা

ফোন করে পাই না;

বিনামূল্যের কাজ

আমরা তো চাই না!

আরেকটা কাজ ছিল

যদি হয় সম্ভব –

নতুন এক সমস্যার

হয়েছে উদ্ভব।

পেছনের ঘরটাতে

আসছে না জল,

লাগাতেই হবে তাই

নতুন এক কল!

ঘুরে ঘুরে ফিরি শুধু,

কোথা পাই প্লাম্বার!

যদি কেউ থাকে রাজী,

দিও ফোন নাম্বার!

11-08-2020

খুকি আর বক

ছোট্ট খুকি কাটতো ছড়া

বাড়ির সামনে নদীর চড়া

নদীর তীরে একটা বক

দাঁড়িয়ে থাকত অনর্থক।

বকের সাথেই বকবকানি গাল ভরা।

খুকির বয়স যখন বারো,

সখ্যতা হয় গভীরতর –

খেলার সঙ্গী নদীর তীরে,

চলতো খেলা সারাদিন ধরে।

এমন খাঁটি বন্ধু জেনো, হবেই না কারো।

আজকে খুকির মস্ত কাজ –

পরনে তার বিয়ের সাজ,

আজো সেই বক তাকিয়ে আছে,

সজল চোখে খুকি চলে গেছে।

বন্ধু ছাড়াই কাটবে জীবন সকাল থেকে সাঁঝ।

08-06-2013

তরোয়াল চুরি

পাড়ায় সোর গোল পড়ে গেছে – মিউজিয়াম থেকে তরোয়াল চুরি গেছে। পুলিশ বলেছে পাড়ারই কেউ জড়িয়ে আছে এসবের সাথে। নিতীন বাবু সকাল বেলা খবরের কাগজে খবরটা দেখেই তাঁর সঙ্গিনীকে ডেকে দেখান, "দেখো, আমাদের পাড়ার নাম খবরের কাগজে এসেছে! আগে কেউ মাধ্যমিকে, উচ্চমাধ্যমিকে ভালো ফল করলে খবরের কাগজে আমাদের নাম আসতো। এখন কে কোথায় চাকরী খুইয়ে সুইসাইড করলো, কে কোথায় চুরি করলো, পশু পাচার করল – এইসব আসে কাগজে। রাজ্যটা ক্রিমিনালে ভরে গেছে!"

– "কেন, কী খবর পড়লে?" স্ত্রী জানতে চান।

– "তরোয়াল চুরি গেছে! শহরের এক মাত্র মিউজিয়াম থেকে তরোয়াল চুরি গেছে। কে জানে কোনো পাগলা খুনি চুরি করেছে নাকি কোন মন্ত্রীর কাজ! তবে আমাদের পাড়ায় কোনো মন্ত্রী তো থাকে না!"

নিতীন বাবু বড়ো সৎ মানুষ। তিনি কারো কোনোদিন ক্ষতি করেননি সারা জীবনে। একটা কাপড়ের দোকান আছে তাঁর। তিনি আর তাঁর ছেলে মিলেই চালান সেই দোকান। ছেলে উচ্চ শিক্ষিত। কিন্তু সে সেচ্ছাতেই বাবার ব্যবসায় যোগ দিয়েছে। সৎ

ভাবে ব্যবসা করে তিনি তাঁর এক কালে খোলা ছোট্ট দোকানটাকে আজ শহরের সবচেয়ে বড়ো কাপড়ের দোকানে পরিণত করেছেন। সেখানে শাড়ী, শালোয়ার, জামা, প্যান্ট, পাঞ্জাবী – সব মেলে। নিতীন বাবুর পারা প্রতিবেশী তাঁকে খুব ভালোবাসে। তাঁকে ভালোবেসে কেউ কেউ বাড়িতে কখনো নিমন্ত্রণ করে, কখনো তাঁর বাড়িতেই দিয়ে যায় খাবারের প্যাকেট, মিষ্টির বাক্স। তাঁর কাপড়ের দোকানে শুধু কাপড়ই বিক্রি হয় তা নয়, সেখানে যে কোনো খরিদ্দার গেলে তাঁকে খুব আদোরের সাথে আপ্যায়ণ করা হয়, খাবার আর জল দেওয়া হয়, চা দেওয়া হয়। মানুষ জন কখনো কখনো তাঁর বাড়িতে এমনিই দেখা করতে চলে আসে শুধু তাঁর সাথে দেখা করতে, একটু মন খুলে গল্প করতে। তিনি বাড়িতেও দোকানের মতোই যত্ন করে মানুষজনকে আপ্যায়ণ করেন।

তাঁদের পাড়াতেই আরেকটা কাপড়ের দোকান আছে সেটা তুলনামূলক ভাবে নতুনই। তবে সেটা মোটেই চলে না। লোকে বলে সেখানে কম দামের জামা কাপড় অনেক চড়া মূল্যে বিক্রি করা হয়। দোকানের মধ্যে ঢুকলে মনে হয় চোরেদের ডেরা বা প্রাইভেট হাসপাতাল – যে যা পারছে দাম হাঁকাচ্ছে, কিন্তু পরিসেবার বেলায় কাঁচকলা! এই বাজে দোকানটার মালিক বরেন দত্ত। বরেন বাবুকে মানুষ চেনে ধড়িবাজ, ঠগ, আর ভণ্ড হিসেবেই। তাই তো তিনি প্রার্থী হয়ে জিতেছেন এবারের মিউনিশিপ্যাল ইলেকশানে। তিনি এখন কাউন্সিলার। বরেন

বাবুর বাড়ির আসে পাশে কেউ ঘেঁসে না। কারন বরেন বাবু কাউকে বরন করেন না তাঁর বাড়িতে এলে। তাঁর দোকানে এলেও তাঁর কর্মচারীরা কাউকে বরন করে না। তবে বারণও করেন না। মানে কাউকে তাঁর আসেপাশে আসতে তিনি নিজে বারণ করেন না। দোকানে লোক ঠকান, বাড়িতে লোক ঠকান, বাড়ির বাইরে লোক ঠকান – যতক্ষণ জেগে থাকেন জালিয়াতি করেন। তাই নিতীন বাবুর ওপর বরেন বাবুর রাগ। এত সততা ভালো না।

বরেন বাবু হিংসা করেন নীতিন বাবুকে। তিনি এত প্রভাবশালী, এই ওয়ার্ডের কর্তা ব্যক্তি – কিন্তু তাঁকে তো পাড়ার লোকে এরকম দইটা, মিষ্টিটা, বিরিয়ানিটা দিয়ে যায় না! বরেন বাবু এমনই এক পার্টির কাউন্সেলর, যে তাঁকে কেন, তাঁর আগামী দুই প্রজন্মকে আর সৎ উপায়ে অর্থোপার্জন করতে হবে না! দোকান চলুক বা না চলুক, পয়সা তিনি এমনিই পেয়ে যান। লোকে বলে ওনার বাড়ির পেছনে টাকার গাছ আছে। দোকানের কর্মচারী গুলোকে কিন্তু তিনি সে পয়সার কানাকড়িও দেন না। তাই জন্যই তো তিনি বড়লোক হতে পেরেছেন।

বরেন বাবুর এক মেয়ে। সে উচ্চ মাধ্যমিকে ফেল করে এখন সরকারী স্কুলে শিক্ষকতার চাকরী করছে। পি জি টি স্কেলেই টাকা কামায়। তবে স্কুলে যেতে হয় না মেয়েকে। ত্বকে রোদ লাগলে কালো হয়ে যাবে কি না! মেয়ের নাম লাবণী। লাবণী

বরেনের চোখের মণী। তবে ওনার স্ত্রী কেন জানি ওনাকে ছেড়ে চলে গেছেন। তবে মেয়ে ওনার সাথেই থাকে। মা মাঝে মধ্যে দেখা করতে আসেন।

বরেণ বাবুই তরোয়াল চুরি করেছেন মিউজিয়াম থেকে। এর আগে একটা কি যেন মূল্যবান পুরস্কার চুরি করিয়েছিলেন লোক দিয়ে। সেটা বিদেশে পাচার করে অনেক টাকা হয়েছিলো। লোকের বাড়ি বা ব্যাঙ্কে চুরি করার থেকে মিউজিয়ামে চুরি করা সহজ। ছোটখাটো মফঃস্বলের মিউজিয়াম গুলোতে কোনো নিরাপত্তা থাকে না বললেই চলে।

সন্ধ্যার সময় ঘর পরিস্কার করতে গিয়ে নীতিন বাবুর স্ত্রী খুঁজে পেলেন সেই তরোয়াল।

– “এ কী! এই অ্যাত্ত বড়ো তরোয়াল এলো কোথা থেকে?” খাটের তলা থেকে বিশাল এক তরোয়াল টেনে বের করে দেখান তিনি।

– “ওরেব্বাবা! এ তো মহা বিপদ হলো! এই তো সেই চুরি যাওয়া তরোয়াল! শশাঙ্কের কোনো এক মন্ত্রীর তরোয়াল। আমার খাটের নীচে এই তরোয়াল কোথেকে এলো?” মাথায় আকাশ ভেঙে পড়ে নীতিন বাবুর। তিনি কোনোদিন জীবনেও অসাধুতা করেননি। তাঁর খাটের নীচে চুরি যাওয়া তরোয়াল এলো কোথা থেকে! কী করা যায়, এখন পুলিশ পাড়ায় বাড়িতে বাড়িতে তল্লাশি চালাচ্ছে এখন যদি ওরা এটা পেয়ে যায়!

শেষমেশ তরোয়ালটা খাটের তলায় ঠিক যেভাবে ছিলো, সেভাবেই রেখে দেওয়ার সিদ্ধান্ত নেন তাঁরা।

এক তলার ঘরে এই সব ঘটনা ঘটছে যখন, বরেন বাবু তখন কালো আঁটোসাঁটো পোশাক পরে বসে বসে আপেল খাচ্ছেন নীতিন বাবুরই বাড়ির দোতলার ঘরে। এমন সুখ তিনি অনেক দিন উপভোগ করেননি। একটা নীরিহ সৎ মানুষকে চুরির দায়ে ফাঁসাতে চলেছেন। এর থেকে বড়ো তৃপ্তি আর কীসে আছে? আপেল খাওয়া শেষ করে বরেন বাবু হাসি মুখে পা টিপে টিপে নীতিন বাবুর বাড়ি থেকে বেড়িয়ে এলেন। জানতেও পারেন না নীতিন বাবু – তাঁর এত বড়ো ক্ষতির চেষ্টা কে করছে।

পরের দিন মিউনিসিপ্যালিটির রাস্তা ধরে বরেন বাবু খোশ মেজাজে চলেছেন, এমন সময় হঠাৎ মূষলধারে বৃষ্টি এলো। তিনি ধাঁ করে একটা দোকান দেখে সেখানে ঢুকে পড়লেন। আঃ! কি সুন্দর গন্ধ আর ঠান্ডা এসির হাওয়া! রুমাল বেড় করে মুখ টুখ মুছছেন, পেছন থেকে কে যেন "বরেন বাবু না?" বলে ওঠায় তিনি তাকালেন পেছন ফিরে। এ যে তাঁর শত্রু – সততার অবতার নীতিন বাবু! কি জ্বালাতন! বেছে বেছে নীতিনের কাপড়ের দোকানেই ঢুকতে হলো বরেন বাবুকে?

– "আরে আর বলবেন না! হঠাৎ এমন বৃষ্টি এলো! আমি আজ গাড়িটা নিয়ে বেড়োইনি। ভাবলাম অনেকদিন হাঁটা চলা হয় না..." বরেন বাবু শাক দিয়ে মাছ ঢাকেন।

– "এসেই যখন পড়েছেন, আপনি বসুন। এই বলে নীতিন বাবু আর তাঁর ছেলে সসম্মানে বরেন বাবুকে সোফায় এনে বসালেন। চা চলবে, না কফি? নাকী কোল্ড ড্রিঙ্ক খাবেন?"

– "সেসবের কিছুই দরকার নেই। বৃষ্টি থামলেই আমি বেড়িয়ে পড়বো।" কথাটা বলে বরেন বাবু আক্ষেপ করলেন। ফোকটে চা - কফি - কোল্ড ড্রিঙ্ক কেউ ছাড়ে! সে যত বড়ো শত্রুই হোক।

– "দাঁড়ান, বরং স্পেশাল কফি চেখে দেখুন! নিয়ে আয় তো একটা স্পেশাল কফি।"

টিভি চালিয়ে দিলেন নীতিন বাবু। সোফায় পাশে বসে এক মুখ হাসি নিয়ে জানতে চাইলেন, "মেয়ে ভালো আছে তো? গত পরশু আমাদের বাড়ির সামনে দিয়ে ফিরছিলো, আমায় দেখলেই সব সময় 'কাকু, কেমন আছো?' জিগেস করে। বড়ো ভালো মেয়ে হয়েছে আপনার।" মেয়ের প্রশংসা কোনোদিন কোথাও শোনেননি বরেন বাবু। আর আগের বছর নেশা করে নাইট ক্লাব থেকে ফেরার পথে যখন রাস্তায় অসুস্থ হয়ে যায়, লাবণীকে এই নীতিন বাবুই তো নিজের বাড়িতে নিয়ে গিয়ে সেবা করেন। বরেন বাবুকে ফোন করে ডাকেন। বরেন বাবু যখন রাগে মুখ লাল করে নেশাগ্রস্ত মেয়েটাকে চড় মারতে যান, নীতিন বাবুই তাঁর হাতটা ধরে ফেলেছিলেন। মনে পড়ে বরেন বাবুর। সাধারণত তাঁর ছোট খাটো মানুষজনদের কথা মনে থাকে না।

কিন্তু তাঁর মেয়েই তাঁর প্রাণ ভোমরা। গম্ভীর হয়ে সেসব কথা মনে ভাবতে ভাবতে টিভির দিকে তাকিয়ে থাকেন। কফি এসে যায়। সঙ্গে আবার এক প্লেট চিকেন ললিপপ!

– "এসব আবার কেন! এই এত খাবার কে খাবে!" এমন আপ্যায়ন কোনোদিন জীবনেও কেউ তাঁকে করেনি। চিকেন গুলো খেয়ে নিলেন, স্পেশাল কফিতে চুমুক দিতেই মনে হলো শরীরের সমস্ত দুরভিসন্ধি, অসাধুতা – কোথায় যেন ধুয়ে মুছে সাফ হয়ে গেলো! ছোট ছোট মুহূর্ত গুলো মানুষের জীবন বদলে দেয়! বরেন বাবু বলে ফেললেন, "এত ভালো কফি আর কোথাও খাইনি, মশাই! আর আমি এখন বুঝতে পারছি, খদ্দেররা আপনাদের দোকানে আসতে কেন এত ভালোবাসে! আপনাদের আদোর-যত্ন আর ভালবাসার জন্যই আপনাদের দোকান এ শহরে সব চেয়ে সফল!"

– "না না, কী যে বলেন! এসব বলে আমাকে লজ্জা দেবেন না। আসলে আমাদের দোকানে শহরের বিভিন্ন প্রান্ত থেকে লোকজন আসে। তাই একটা ছোটোখাটো কিচেনের ব্যবস্থা রেখেছি। জীবনের স্বাদটাই কোথায় যেন হারিয়ে যাচ্ছে, বুঝলেন! কেউ বই পড়ে না, মানুষের সাথে কথা বলে না, ফোন নিয়ে ব্যস্ত থাকে। মনে জমে থাকা এক পাহাড় কথা – শোনার কেউ নেই! তাই যে কোনো মানুষ আমাদের দোকানে এলেই আমি আর আমার ছেলে তাদের সাথে কিছুক্ষণ সময় কাটাই

গল্প করে। কত মানুষ তাদের সুখ দুঃখের কথা আমাদের বলে। কত মানুষ শুধু একটু গল্প করতেই চলে আসে এখানে - কিছু কেনাকাটা করতে নয়। ছোটদের একটা ছোটোখাটো লাইব্রেরীও করেছি এক চিলতে একটা ঘরে। ওই দেখুন না, ওখানে ফুলের মতো শিশু গুলো কিছুটা সময় ফোন আর ল্যাপটপ থেকে মুক্তি পেতে আসে।"

চারপাশে তাকিয়ে দেখেন বরেন বাবু, তিনি উপলব্ধি করেন, নীতিন বাবুর এত বড়ো অনিষ্ঠ করতে চাওয়া তাঁর উচিৎ হয়নি। অত্যন্ত লজ্জা হয় তাঁর এই প্রথম। একেই কি বলে অনুতাপ? বৃষ্টি থামলে তিনি বেড়িয়ে আসেন নীতিনবাবুদের দোকান থেকে। তাঁর মনের মধ্যেটা উথাল পাথাল হতে থাকে। এ কী করলেন তিনি! নীতিন বাবুর মতো একজন আদর্শবাদী সৎ মানুষকে তিনি এত বড়ো বিপদের দিকে ঠেলে দিচ্ছেন? যদি পুলিশ খোঁজ পেয়ে যায়? পুলিশ ইতোমধ্যেই পাড়ায় অনেক

বাড়িতে ঢুকে খুঁজেছে। জিজ্ঞাসাবাদ করেছে। এমনকী বরেন বাবুকেও ছাড়েনি প্রশ্ন করতে। বরেন বাবু মিথ্যা কথা বলায় পি এইচ ডি করেছেন, ওনাকে পুলিশ কেন, পুলিশের ঠাকুরদাদাও কোনোদিন সন্দেহ করবে না।

পরদিন সন্ধ্যা বেলায় তিনি ফের কালো আঁটোসাঁটো জামা কাপড় পড়ে পাঁচিল টপকে ঢুকে পড়েন নীতিন বাবুর বাড়ি। পা টিপে টিপে ঘরে ঢোকেন, খাটের তলা থেকে তরোয়ালটা বেড় করেন। দরজা বন্ধ করে বাগানের দিকে যেতে গেছেন, দেখেন নীতিন বাবুর স্ত্রী রান্নাঘরের দিকে যাচ্ছেন। বাড়িতে একা সেই ভদ্রমহিলা। নীতিন বাবু নেই, তাঁর ছেলেও নেই। বরেন বাবু তরোয়াল আর নিজের নরবরে সম্মান কোনো মতে হাতে চেপে ধরে অন্ধকার ঘরে ঢুকে আসেন। এভাবেই কাটে আধ ঘণ্টা। রান্নাঘরটা এই ঘরের ঠিক গায়েই। তিনি বুঝে উঠতে পারেন না, কীভাবে বেরোবেন।

রান্নাঘর থেকে বেরিয়ে ভদ্রমহিলা যেই ওয়াশরুমে গিয়ে ঢুকেছেন, বরেন বাবু এক ছুটে সোজা বাগানে! বাগানে পা রাখতেই হুড়ুৎ করে পা পিছলে কাদায় মুখ চুবিয়ে পড়লেন বরেন বাবু। বরেন বাবু কোনো মতে উঠে দাঁড়ালেন। হাতে তরোয়ালটায় কিছুতেই কাদা লাগতে দেননি। এটা আজ রাতেই তাঁকে মিউজিয়ামে পৌঁছে দিতে হবে। কিন্তু পাঁচিলের দিকে এগোতে যাবেন, এমন সময় চোখে পড়ে, তাঁরই মতো কালো

আঁটোসাঁটো জামা প্যান্ট পরা একজন বাড়ির দিকে ঢুকছে। বরেন বাবু চিৎকার করতে যান। কিন্তু কেমন ফ্যাসফেসে গলা বেরোয় – "কে তুমি? দাঁড়াও! এক পাও নড়বে না!"

কালো জামা পরে যে দুষ্কৃতিটা বাড়ির দিকে ঢুকছিলো, সে চমকে যায়। সে পকেট থেকে ছুড়ি বের করে এদিক ওদিক তাকায় গোল গোল চোখ করে। কাউকে দেখতে পায় না। হঠাৎ বরেন বাবু দুষ্কৃতিটাকে চমকে দিয়ে হাতে তরোয়াল নিয়ে ঝপাং করে সামনে এসে পড়েন। কাদায় মুখ আর সারা শরীর ঢাকা বরেন বাবুর। আর তাঁর হাতের তরোয়ালে হালকা আলো পড়ে চকচক করে ওঠে। দুষ্কৃতিটা আর যাই হোক, এরকম কিম্ভূতকিমাকার কিছু নিশ্চই দেখেনি সারা জীবন!

ভূত দেখার মতো লোকটা চিৎকার করে ওঠে, হাত থেকে ছুড়িটা পড়ে যায়, আর বরেন বাবু এক হাতে ছুড়িটা তুলে নিয়ে তরোয়ালের বাঁট দিয়ে একটা জোরে ঘা বসান কালো পোশাকের দুষ্কৃতিটাকে। তাঁর গলা টিপতে আসে লোকটা। তিনি এসব মারামারি, জালিয়াতি সারা জীবন করেছেন। তবে দুষ্কৃতিদের পক্ষে করেছেন। আজ তিনি দুষ্কৃতির বিরুদ্ধে লড়ছেন। বেশ ধস্তাধস্তি চলতে চলতে যখন কালো পোশাকের লোকটা ধরাসায়ী, বাগানে বড়ো আলো জ্বলে ওঠে নীতিন বাবু, তাঁর স্ত্রী, এবং তাঁর ছেলে বেড়িয়ে আসে।

– "আমাকে ক্ষমা করে দিন, নীতিন বাবু! আমিই আপনাদের বাড়িতে এটা লুকিয়ে রেখেছিলাম!" বরেন বাবু নিজেই বলে ওঠেন।

– "সে কী! এ কেমন কাজ করলেন বরেন বাবু?" নীতিন বাবু দুঃখের সাথে জানতে চান।

– "হ্যাঁ! আমি আমার অপরাধ স্বীকার করছি। আপনারা আমাকে যা শাস্তি দেবেন আমি মাথা পেতে নেবো।" মুখের কাদা মুছতে মুছতে বরেন বলেন।

ততক্ষণে পুলিশও এসে পড়ে। বাড়ির চারপাশে ঘিরে ফেলে পুলিশ। আর একজন অফিসার এসে বরেন বাবু আর কালো পোশাকের দুষ্কৃতিটাকে হাতকড়া পড়ান। তাঁর হাত থেকে তরোয়ালটা নেওয়া হয় অত্যন্ত যত্ন সহকারে, এবং সেটো

আপাতত মিউজিয়ামে পাঠানো যাবে না কারন আদালতে মামলার সময় এটা প্রমাণ হিসেবে ব্যবহৃত হবে।

পাশের ঘরে খুটখাট আওয়াজ পেয়ে, আর তারপর কার যেন একটা ছায়া দেখেই নীতিন বাবুর স্ত্রী ওয়াশরুমে গিয়ে তাঁকে ফোনে জানিয়ে দেন। তার পাঁচ মিনিটের মধ্যেই গাড়িতে করে চলে আসেন ছেলেকে নিয়ে নীতিন বাবু। তাঁরা পুলিশে খবরও দেননি। পুলিশ আজ এমনিতেই নীতিনবাবুর বাড়িতে তরোয়াল খুঁজতে এসেছিলো। কিন্তু এমন ধস্তাধস্তি দেখে তারা চুপি চুপি বাড়ি ঘেরাও করে ফেলে। আর নীতিন বাবুরা কেউই বরেন বাবুকে এ অবস্থায় দেখবেন তা কল্পনাও করেননি।

তবে কালো পোশাকের দুষ্কৃতিটা একটা পাগলা খুনি ছিলো। সে কী মতলবে এমন সন্ধ্যাবেলায় কালো পোশাক পরে অচেনা লোকের বাড়ি ঢুকেছিল, তা অনুমেয়। এর আগে খুনিটা তিন চারটে হত্যাকাণ্ড ঘটিয়েছে। বরেন বাবুর মিউজিয়াম থেকে তরোয়াল চুরি করে আনা এবং সেটা একজন নিরপরাধী মানুষের বাড়িতে লুকিয়ে রেখে পরিকল্পিত ভাবে তাঁকে মিথ্যা অপরাধে ফাঁসানোর প্রচেষ্টা করার জন্য অন্তত কম করে সাতটা কাউন্টে মামলা খারা করা হয়। তিন বছরের জেল আর অনেক টাকা জরিমানা ঘোষণা করেন আদালত। আর পাগলা খুনিটাকে পুলিশরা অনেকদিন ধরেই খুঁজছিলো, অন্য রাজ্য থেকে কুকর্ম করে এখানে এসে সে গা ঢাকা দিয়ে ছিলো। তাকে ধরতে

সাহায্য করার জন্য বরেন বাবুকে পুলিশ ধন্যবাদ জানিয়েছেন। এবং নীতিনবাবু আইনি প্রক্রিয়ায় বরেন বাবুর তরফে তাঁর কুকীর্তির জন্য আদালতের কাছে বিনীত ভাবে আপিল করেন। তার ফলে জরিমানা আর হাজত বাস কিছুটা হলেও কম হয় বরেন বাবুর।

তবে জেল থেকে বেরিয়ে বরেন বাবু সম্পূর্ণ বদলে যান। চাকরী থেকে বের করে, মেয়েকে প্রাইভেট কলেজে বহু অর্থ দিয়ে ভর্তি করে দেন। তাঁর দোকানটা উঠিয়ে দিয়ে তাঁর কর্মচারী গুলোকে সব পাঠিয়ে দেন নীতিন বাবুর দোকানে, আর এখন থেকে তিনি নীতিন বাবুর সাথে এক সাথেই এক দোকানেই বসবেন আর এক সাথে সৎ ভাবে ব্যবসা করবেন। নীতিন বাবুর প্রিয় বন্ধু হয়ে ওঠেন বরেন বাবু। বরেন বাবুর স্ত্রী ফিরে এসেছেন, বলেছেন সৎ ভাবে যদি তিনি জীবন কাটাতে পারেন, তবেই তিনি এক সাথে থাকবেন। এক কাপ স্পেশাল কফিতেই হোক, আর নীতিন বাবুর ভালবাসার ছোঁয়াতেই হোক বা হাজত বাসেই হোক – বরেন বাবু সত্যিই বদলে গেছেন। তিনি মন থেকেই সৎ হয়ে গেছেন। তিনি আর কাউন্সিলারও নন এখন। তিনি সৎ ভাবে নীতিন বাবুর সাথে কাপড় জামার ব্যবসা করে যা অর্থ উপার্জন করেন, তা দিয়ে তিনি গরীব মানুষদের সাহায্য করেন, সহায় সম্বলহীনদের ঘরের শিশুদের তিনি আশ্রয়ের ব্যবস্থা করেন, তাদের শিক্ষার খরচ বহন করেন। শুধু লাবণীই

জানে কার মুখের দিকে তাকিয়ে বরেন বাবু নিজেকে এমন সম্পূর্ণ বদলে ফেলতে পেরেছেন।

তাঁদের পাড়ার সেই দোকান উত্তরোত্তর ফুলে ফেঁপে দ্রুতই রাজ্যের মধ্যে অন্যতম শ্রেষ্ঠ জামা কাপড়ের দোকান হয়ে ওঠে।

29-07-2024

শিবের আবিষ্কার

শিবে একদিন লম্বা একটা

দড়ি বাগিয়ে নিয়ে

ভাবলো হঠাৎ বাঁধবে সেটা

নিজেরই দুই পায়ে।

দড়ির প্রান্তে লাগালো এক

ইয়া বড়ো লাঙল,

এসব দেখেই বললো লোকে,

"শিবে একটা পাগোল।"

কিন্তু এসব ফালতু কথা

তুলছে কে আর কানে!

শিবে বোধ হয় খুঁজছে কিছু

আজকে আপন মনে।

পায়ে বেঁধে লাঙল, দড়ি,

বাড়ির পাশের ঝোপে

দৌড়োদৌড়ি করছে বেদম

কাঠ ফাটা এই রোদে।

তার ধারণা, লাঙল স্বয়ং

ছুটছে ঝোপের ঘাসে,

এই ভাবিয়া ছুটছে শিবে

ছুটছে ঊর্ধ্বশ্বাসে।

সারাদিন ধরে ছুটতে থাকে

রোদের মধ্যে শিবে,

এসব দেখতে ভিড় জমে যায়,

বলতে থাকে লোকে,

"করিস কী এই ভর দুপুরে,

পাগলা শিবে ওরে,

পাগলামি আর করিস না তুই,

পালা নিজের ঘরে!"

ছুটতে ছুটতে বলল শিবে,

"ভাগ্‌ রে খেপার দল,

খেয়ে দেয়ে নেই কাজ তোদের আর

বকিস অনর্গল!

যা ভাগ্‌ তোরা, বুঝবি না

এই দারুণ চমৎকার,

করবো আজকে এই ভাবে এক

বিরাট আবিষ্কার!"

"আবিষ্কারের বানান বলো!"

নিন্দুকেরা বলে।

এসব শুনে শিবের দড়িতে

জড়িয়ে গেলো পা জোড়া,

ছুটতে ছুটতে ঘাসে লাঙল

জড়িয়ে মরিয়ে হঠাৎ

মুখ থুবড়ে ঝোপের ওপর

পড়লো শিবে চিৎপাত!

"হা হা" রবে হাসছে সবাই

শিবের কাণ্ড দেখে –

পড়ে গিয়ে হাসছে নিজেই

মুখে মাটি মেখে।

হাসতে হাসতে শিবে তখন

ঝোপেই লুটোপুটি,

পাড়ার লোকে জানতে চায়,

"কীসের হুটোপুটি?"

শিবে তখন মাথা ঝোঁকে

গলা খানা দেয় ঝাড়া,

বলতে থাকে হাসতে হাসতে,

"বলতে পারিস তোরা?

চুম্বকে তো লোহা টানে,

লোহা টানে কীসে?

লাঙল আমার লোহায় গড়া –

লোহা টানে ঘাসে!''

14-06-2013

ভালো খাবার ও তার ফল

শিবের ভাই ন্যাপলা গুঁই

পেটের রোগে ভোগে,

খাওয়া সারে পেট পুরে

বিরিয়ানী যোগে।

চিকেন রোল, রেশমি কাবাব,

চপ, কাটলেট আছেই,

ন্যাপলা গুঁই না করে না

কোনো ফাস্টফুডটাতেই!
পেট খারাপ আর ক'দিন থাকে!
ফুচকা থামানো যায় না!
পেটের জন্য আহার্য ত্যাগ?
মোটেও মানা যায় না!
মেলা বসলেই স্টলে হানা
বন্ধু বান্ধব নিয়ে,
মোগলাই, চাউ, কাবাব, মোমো –
পকৌরা, চপ দিয়ে।
কেমন ভাবে কী যে হল
ন্যাপলা পড়ল বিপদে,
আটকা পড়ল ন্যাপলা হঠাৎ
হাসপাতালের গারোদে।
ন্যাপলা গুঁই পেল ছুটি আজ
হাসপাতালের থেকে,
বিশাল একটা মিলেছে পাথর,
পেটের ভেতর থেকে!

উড়ে যায় সে পাথর

পেট থেকে বেরিয়ে

স্বদেশেই ফিরে আসে

নানা দেশ পেরিয়ে।

সে পাথর শোভা পায়

পাহাড়ের কোলে,

ন্যাপলার মুখ ভরে

কাঁচকলা ঝোলে।

01-08-2020